D1984738

© Jimmy Bruch

Leslie Margolis, geboren in Los Angeles, studierte Anthropologie in London. Seit 2007 schreibt sie Kinder- und Jugendbücher. Heute lebt sie mit Mann und Hund in Brooklyn, New York.
Außerdem erhältlich: ›Jungs, die bellen, beißen nicht‹ und ›Schmetterlinge, die kribbeln, können ganz schön nerven‹.

Weitere Informationen zum Kinder- und Jugendbuchprogramm der S. Fischer Verlage, auch zu E-Book-Ausgaben, gibt es bei www.blubberfisch.de und www.fischerverlage.de

Leslie Margolis

Mädchen, die schnurren, kratzen trotzdem

Aus dem Amerikanischen
von Corla Bauer

FISCHER Taschenbuch

MIX
Papier aus verantwortungsvollen Quellen
FSC® C083411

3. Auflage: Januar 2016

Erschienen bei FISCHER Kinder- und Jugendtaschenbuch,
Frankfurt am Main, Dezember 2012

Lizenzausgabe mit freundlicher Genehmigung
des Sauerländer Verlages, Mannheim
Die amerikanische Originalausgabe erschien 2009 unter dem Titel
›Girls Acting Catty‹ bei Bloomsbury U. S. A. Children's Books
Copyright © 2009 by Leslie Margolis
Für die deutschsprachige Ausgabe:
© 2010 Patmos Verlagsgruppe
Sauerländer Verlag, Mannheim
Alle Rechte vorbehalten
Druck und Bindung: CPI books GmbH, Leck
Printed in Germany
ISBN 978-3-596-81074-1

Nach den Regeln der neuen Rechtschreibung

KAPITEL EINS

Die Zeit fliegt und die Eier auch

Vor Einbruch der Halloweennacht zieht sich die letzte halbe Stunde Sonnenschein endlos, als wäre sie die längste Zeitspanne der Weltgeschichte.

»Ist jetzt halb sechs?«, fragte Claire, während sie in unserem Wohnzimmer auf und ab marschierte.

Emma blickte von der Karte auf, die sie studierte. »Nein, es sind erst fünfundvierzig Sekunden vergangen, seit du das letzte Mal gefragt hast.«

»Oje! Ich halte das nicht mehr aus«, seufzte Claire.

Wir anderen stöhnten. Es war eine echte Qual. Die Sonne ging einfach nicht schnell genug unter. Dabei war es schon hart gewesen, einen ganzen Schultag zu überstehen. Manche Lehrer hatten den Fehler gemacht, uns doch tatsächlich Arbeit aufzubrummen, aber wir waren viel zu high und aufgedreht vom Zucker, um uns zu konzentrieren. Sie hätten es besser wissen müssen. An Halloween zu unterrichten war ungefähr so effektiv, wie am letzten Schultag einen Test zu schreiben.

In den Fluren wimmelte es von Hexen und Zauberern, Piraten und Vampiren, Löwen, Tigern und Bären. Oh, und natürlich gab es Mäuse, zwei Frettchen, ein paar Hippies und eine Handvoll Superhelden.

Es soll nicht überheblich klingen, aber meine Freunde und ich hatten die coolsten und ausgefallensten Kostüme der ganzen sechsten Klassen. Wir gingen als exotische Fische. Die Idee war uns vor zwei Wochen gekommen, als wir bei Yumi waren. Ihre Eltern haben ein riesiges Aquarium im Wohnzimmer, mit einer Tonne superseltener, farbenfroher Kreaturen, die aus aller Welt kommen.

Wir haben alles selber gemacht, aus Seide, Gaze und Silberdraht. Claire hat uns gezeigt, wie es geht. Für sie war es leicht, denn sie macht die meisten ihrer Klamotten selbst oder verschönert sie zumindest, indem sie ihre Jeans und T-Shirts mit Perlen und Stickereien verziert. Sie ging als Schwertfisch, herausgeputzt in violetter und orangefarbener Seide, die zu ihrem roten Haar passte. Ihr ganzes Kostüm war mit Pailletten ausstaffiert, dadurch schimmerte es, als wäre sie tatsächlich unter Wasser.

Yumi ging als schwarz-weiß gepunkteter Drückerfisch. Da die manchmal beißen konnten, trug sie auch noch ein Vampirgebiss.

Emma war als gelbes Seepferdchen verkleidet. Ich selbst war etwas, das »Junkerlippfisch« hieß. Ich hatte mir das Kostüm ausgesucht, weil dieser Fisch so bunt war.

Rachel wollte kein Fisch sein, also ging sie als die pinkfarbene Burg im Aquarium, um die die restlichen Fische schwammen. Wir haben ihr geholfen, einen Karton anzumalen und mit Zugbrücke, Türmchen und allem anderen zurechtzubasteln.

»Ich komm gar nicht darüber weg, wie entzückend ihr Mädels ausseht!«, sagte Mama, als sie ins Wohnzimmer kam.

»Mama!« Ich wusste, dass sie recht hatte, aber es war total peinlich, dass sie das so sagte. Noch dazu, weil sie ausgerechnet einen spitzen schwarzen Hut, eine lilafarbene Perücke und eine lange grüne warzige Nase trug. Wenigstens zog sie nicht mit uns zum »Süßes oder Saures« von Haus zu Haus. Als

Sechstklässlerin durfte ich endlich nur mit Freunden und ohne Eltern gehen. Mama hatte das Kostüm für die anderen klingelnden Kindern an. Das war irgendwie nett. Fand ich.
Ich griff nach einem Snickers aus der riesigen Schale in Mamas Hand, aber sie hielt sie sich über ihren Kopf. »Tut mir leid, Annabelle, ›Süßes oder Saures‹ klappt nicht im eigenen Haus.«
»Aber meine Freunde wohnen nicht hier. Du kannst doch nicht ihnen was geben und mich dabei verhungern lassen!«
Mama seufzte: »Also gut, aber jeder nur eins!« Sobald sie die Schale tiefer hielt, stürzten wir uns darauf wie ein Schwarm.
Ist dir jemals aufgefallen, dass Süßigkeiten essen nur noch gieriger nach mehr Süßigkeiten macht? Es ist ein schier unendlicher Kreislauf.
Plötzlich bellte mein Hund, Pepper, und sauste an die Tür. Eine Sekunde später klingelte es.
»Oh, nein! Wir sollten doch eigentlich die Ersten auf der Straße sein«, rief Rachel.
»Beeilt euch«, kommandierte Emma, als wir nach unseren Beuteln griffen.
Wir drängelten uns an Mama vorbei, die einer Gruppe winziger Prinzessinnen die Tür aufgemacht hatte. Uff! Einen Moment lang war ich in Panik, dass wir ernsthaft Konkurrenz hätten.
»Viel Spaß, Mädels«, rief Mama uns nach, als wir zum Nachbarhaus rannten. »Und seid vorsichtig!«
Nachdem wir drei Häuser abgeklappert hatten, versuchte Rachel die Straße zu überqueren, aber Emma hielt sie fest. »Halt, das ist die falsche Richtung!«
»Aber meine Eltern haben Schweizer Schokolade«, sagte Rachel.

»Wir gehen später bei dir vorbei. Sonst machen wir den Weg doppelt und verlieren kostbare Zeit. Verlass dich auf mich, ich habe das alles genau ausgerechnet.« Emma wedelte mit ihrer Karte. Sie hatte einen Weg gefunden, der »unser Süßigkeitengewinnpotenzial maximierte«. Zumindest glaube ich, dass sie das so gesagt hat.

Emma ist ein Superhirn – eine dieser Eins-Plus-Schülerinnen, die aus Spaß Lexika liest und immer Zusatzaufgaben macht, obwohl sie die am wenigsten brauchte. Manchmal war es schwer, ihr zu folgen. Aber wir alle wussten, dass es das Beste war, ihr die Führung zu überlassen.

Auf meiner Straßenseite flitzten wir von Tür zu Tür und dann zur nächsten Straße. Sechs Blocks weiter, als wir an der Ecke gegenüber der Grundschule waren, sagte Emma, dass es Zeit wäre, umzukehren.

»Aber ich habe gehört, dass sie in Canyon Ranch supergroße Maxischokoriegel verteilen«, erwiderte Rachel.

Canyon Ranch war das reichste Viertel der Stadt, direkt hinter der Schule. Dort hatten alle Häuser Garagen für vier oder fünf Autos und riesige Eisentore. Manche Häuser hatten sogar drei Stockwerke.

»Das sagen die Leute jedes Jahr, aber das stimmt nicht«, erklärte Emma. »Wir kriegen sowieso mehr Süßigkeiten zusammen, wenn wir schnell viele Häuser abklappern, und auf dieser Seite der Stadt gibt es pro Block vier Häuser mehr. Außerdem stehen sie direkt am Bürgersteig, das bedeutet, man muss weniger laufen.«

»Warte mal, du hast sie echt gezählt?«, wollte Yumi wissen.

»Und gemessen?«, fügte Claire fassungslos hinzu.

»Das musste ich gar nicht.« Emma zuckte die Achseln. »Im Internet habe ich alle wichtigen Informationen bekommen,

also musste ich nur die entsprechenden Zahlen in eine mathematische Gleichung einsetzen.«
Ich war echt beeindruckt. Natürlich machten wir uns lustig darüber, dass Emma alles so genau ausgetüftelt hatte, aber eine Stunde später waren wir wieder da, wo wir angefangen hatten, und unsere Beutel waren voll.
»Kommt, wir bringen unsere ganzen Süßigkeiten zu Annabelle und fangen wieder von vorne an«, schlug Emma vor. »Die Leute sind großzügiger, wenn wir mit leeren Beuteln auftauchen.«
»Gute Idee«, bestätigte Claire.
Wir steuerten also auf mein Haus zu, kamen aber nicht weit, weil eine Gruppe Jugendlicher uns den Weg abschnitt. Die nächste Straßenlaterne war aus, also konnte ich sie nicht so genau erkennen. Es war außerdem nicht gerade hilfreich, dass sie ganz in Schwarz gekleidet waren und der untere Teil des Gesichts mit einem Schal verdeckt war.
»Wo wollt ihr denn hin?«, fragte eine leider altbekannte Stimme drohend.
Oje.
Mein Griff um den Beutel wurde noch fester und ich trat einen Schritt zurück. Die Gruppe rückte näher. Sobald sich meine Augen an die Dunkelheit gewöhnt hatten, erkannte ich sie. Es waren Achtklässler in Ninjakostümen und sie hatten gefährliche Waffen dabei: Eier!
Jawohl! Ein Ei kann eine sehr gefährliche Waffe sein. Wenn du jemals mit einem Frühstückseiangriffsgeschwader Bekanntschaft gemacht hast, weißt du ja genau, wovon ich rede.
Aber es gibt noch etwas Schlimmeres, als einem mit Eiern bewaffneten Achtklässler-Ninjageschwader gegenüber in der Minderheit zu sein: einem mit Eiern bewaffneten Achtkläss-

ler-Ninjageschwader gegenüber in der Minderheit zu sein, wenn einer der Ninja Jackson ist.

Groß, mit stacheligem blondem Haar und einem hinterhältigen Grinsen stand er in der Mitte der Gruppe. So als hätte er alles im Griff, und das war so typisch.

Ich war erst vor zwei Monaten hergezogen, aber die Zeit hatte dicke gereicht, um zu erkennen, dass Jackson einem menschlichen Riesentornado glich: Er wirbelte alles durcheinander und hinterließ eine Spur der Zerstörung, wo immer er auftauchte. Es gab auch keine Chance, dass ich Jackson irgendwie hätte ausweichen können: er wohnte direkt auf der anderen Straßenseite, mir gegenüber, aber was am schlimmsten war – er war Rachels großer Bruder.

In dieser verzwickten Situation konnte man nur eins tun. »Rennt!«, brüllte ich und schoss los. Gott sei Dank folgten meine Freundinnen meinem Rat. Jede von uns fünf stob in eine andere Richtung davon.

Klar, wir waren in der Unterzahl, aber wir waren schnell.

Na ja, zumindest die meisten von uns.

Ich schaffte es, hinter einem Baum abzutauchen, während Yumi und Claire sich hinter einem geparkten Auto versteckten. Aber die arme Emma kam nicht hinterher und wurde an der Schulter getroffen.

Dann traf jemand Rachel in den Rücken. »Jackson! Ich sag das«, brüllte sie, was aber nur noch mehr Ninjas anzog.

Rachel sauste in meine Richtung und vier Jungs waren ihr so dicht auf den Fersen, dass ich über die Straße flitzte und mich hinter die Hecke unserer Nachbarn kauerte. Die Schuhsohlen der Jungs donnerten im gleichen Rhythmus auf den Bürgersteig, wie mein Herz raste.

Ein paar Sekunden später sah ich aus den Augenwinkeln etwas

Pinkfarbenes: Rachel rannte in unseren Garten. Emma und Yumi schafften es ebenfalls dahin. Ich war fast bei ihnen, als ich sah, wie Claire gegen das Garagentor von Rachel getrieben wurde, umzingelt von drei Jungs, jeder einzelne von ihnen bewaffnet und gefährlich.

Ich konnte sie nicht einfach so ihrem Schicksal überlassen, deshalb rannte ich rüber und schrie: »Hört auf damit!«

Sie drehten sich um und starrten mich an, als wäre ich verrückt geworden. Aber das war ich natürlich nicht! Ich hatte einen Plan. Also gut, nicht wirklich einen Plan, aber immerhin eine Idee.

Ich muss das jetzt mal eben schnell erklären: Wie schon erwähnt war ich gerade erst hier in die Gegend gezogen. Ich kannte bis dahin nur eine reine Mädchenschule. Tja, und wenn man dann mit Jungs in die Schule gehen muss, ist das was vollkommen anderes.

Zuerst wirkten die Jungs von der Birchwood Mittelschule auf mich wie Außerirdische. Sie hatten zwar keine Haut, die im Dunkeln leuchtete, keine enorm weit vorgewölbte unförmige Stirn und auch keine riesigen schwarzen Löcher anstelle von Augen oder sonst etwas. Aber sie benahmen sich wie Aliens: Sie brüllten im Unterricht einfach drauflos, traten gegen meinen Stuhl, aßen echt eklige Sachen und rülpsten um die Wette. Es war absolut schockierend und zwar nicht im positiven Sinn.

Was alles noch schlimmer machte war, dass mein neuer Hund, Pepper, ebenfalls vollkommen wild und außer Kontrolle war. Aber dann habe ich angefangen ein Hundeerziehungsbuch zu lesen und Pepper beizubringen, wie er sich zu benehmen hat. Dabei fiel mir etwas auf.

Jungs und Hunde haben viel gemeinsam: Sie wissen nicht

immer instinktiv, wie sie sich benehmen müssen. Manchmal muss man ihnen sagen, was sie zu tun haben. Man kann ihnen das aber nicht einfach so vorschreiben, denn man muss auf ganz bestimmte Weise mit ihnen reden. Als ich also bei den Jungs vor Rachels Haustür ankam, richtete ich mich auf, blickte jedem von ihnen nacheinander in die Augen und redete mit fester Stimme.

»Lasst sie in Ruhe!«, sagte ich. Und sie gehorchten. Claire war in Sicherheit. Es gab nur ein kleines Problem: Jetzt zielten ihre Eier auf mich.

Jackson stieß ein gemeines Lachen aus.

Zum Glück fiel mir noch etwas ein, das Jungs mit Hunden gemeinsam haben: ein Kurzzeitgedächtnis! Also machte ich einen Versuch: »Äh, ihr wisst doch sicher, dass es bei den Wiggenses Riesenschokoriegel gibt!«

»Wirklich?«, fragte einer der Ninjas.

»Lass dich von der doch nicht ablenken«, sagte Jackson und schwang seinen Arm wie ein Baseballspieler, aber in Zeitlupe. Claire sah mich mit aufgerissenen Augen an. Ihr Zopf löste sich langsam auf und ein paar Strähnen ihres roten Haares flatterten um ihre feuerrot gewordenen Wangen. »Du weißt, dass sie faule Eier haben?«, flüsterte sie mir zu.

Ich schluckte und ging im Kopf eine Hundeerziehungslektion durch. *Zeig keine Angst. Ein Hund, der glaubt, du hättest Angst, wird dich niemals akzeptieren.*

Also versteckte ich meine zitternden Hände hinter meinem Rücken, zuckte mit den Schultern und schmiss mich in eine »lässig-und-entspannt«-Pose. »Kann schon sein, dass ich lüge, kann aber auch nicht sein. Wollt ihr das echt riskieren?«

»Welches Haus ist das von den Wiggenses?«, wollte ein Ninja wissen.

»Das zweite an der Ecke auf der anderen Straßenseite. Das mit dem Gartenzwerg.«

Zwei Ninjas warfen hungrige Blicke auf das Haus.

»Hört nicht auf sie«, befahl Jackson, aber es war zu spät. Sie waren schon weg – fast so schnell wie Pepper neulich, als mir in der Küche ein paar Goldfische auf den Boden gefallen sind (die Cracker natürlich, nicht die Fische).

Claire und ich standen nur noch Jackson gegenüber. Jetzt war er in der Minderheit, aber dafür bewaffnet.

»Ganz schön hinterlistig«, zischte Jackson.

Ich zuckte nur die Achseln und versuchte nicht zu grinsen. »Ich nenne das eher Selbstverteidigung.«

»Jeder weiß, dass sie, wenn überhaupt, nur in Canyon Ranch Riesenschokoriegel verteilen, und wahrscheinlich stimmt nicht einmal das.«

Jawohl, dieser Kerl war total nervig, aber er war nicht völlig planlos.

»Okay«, räumte ich ein. »Die Wiggenses sind gar nicht zu Hause. Aber wer weiß? Vielleicht haben sie ja Riesenschokoriegel im Haus. Ich habe nie gesagt, dass sie welche verteilen, ich habe lediglich gesagt, dass sie welche *haben*, und das kann absolut stimmen.«

Er grinste. »Oh, Spasti, das wird dir noch leidtun.«

Ich packte Claire am Arm. »Wir ziehen uns langsam zurück«, erklärte ich, als befänden wir uns mitten in einer Geiselnahme. »Und du lässt uns gehen.«

»Glaubst du etwa, ich vergeude dieses wunderbare Ei?«

Ich sah ihn mit zusammengekniffenen Augen an: »Wenn du unsere Kostüme versaust, wenn auch nur eine Spur von faulen Eiern darauf landet, dann zahle ich dir das doppelt heim!«

»Und wie willst du das bitte machen?«, höhnte er ungläubig.
Ich versuchte ihn mit meinem Blick einzuschüchtern. Leider bin ich eher ein Zwerg – klein und blond und dann auch noch dünn. Nicht gerade der Körperbau, mit dem man einen Achtklässler einschüchtert, auch keinen Sechstklässler. Vielleicht würde ich es schaffen, einen kleinen Drittklässler einzuschüchtern, aber warum sollte ich das wollen? Das wäre gemein. »Das werde ich dir nicht verraten, aber glaub mir einfach, du wirst es bitter bereuen.«
»Richtig bitter bereuen!«, fügte Claire noch hinzu.
»Ja, genau!«, stieß Jackson sarkastisch hervor.
Claire und ich mussten abhauen. Gleich würden die beiden Ninjatypen herausfinden, dass das mit den Wiggenses gelogen war, und dann wären wir Hackfleisch. Hackfleisch mit Ei.
Plötzlich zeigte Claire hinter Jackson und brüllte: »Oh mein Gott – eine Vampirfledermaus!«
Als er sich umdrehte, um nachzusehen, machte Claire einen Satz nach vorn, schnappte ihm das Ei aus der Hand und schlug es ihm auf den Kopf.
»Was zum …«
Bevor Jackson seinen Satz beenden konnte, flitzten wir über die Straße in Sicherheit.
Yumi, Rachel und Emma warteten im Garten auf uns – so albern und aufgeregt, dass sie auf und ab hüpften.
»Ich kann nicht glauben, dass du meinem Bruder das Ei auf den Kopf gehauen hast. Das ist absolut genial!«, jubelte Rachel.
»Was hast du überhaupt zu ihm gesagt?«, fragte Emma.
»Ja, erzähl uns alles«, stimmte Yumi zu.
Nachdem Claire die Geschichte zu Ende erzählt hatte, schau-

ten wir auf die Straße. Soweit wir sehen konnten, waren die Ninjas weitergezogen.

»Wollt ihr euch umziehen, bevor wir wieder rausgehen?«, fragte ich, weil der Eierangriff einen gewissen Geruch auf Emmas und Rachels Kostümen hinterlassen hatte.

»Wir haben keine Zeit«, gab Emma zu bedenken. »Außerdem haben wir keine Kostüme zum Wechseln. Meint ihr, ihr könnt den Gestank noch eine halbe Stunde lang aushalten?«

»Na klar, kein Problem«, antwortete ich. »Wofür sind Freunde denn da?«

Wir zogen also weiter mit unserer »Süßes oder Saures«-Tour um die Häuser und bekamen sogar Mitleidspunkte (in Form von Extrasüßigkeiten), als wir dem alten Mann erzählten, dass wir von mit faulen Eiern bewaffneten Ninjas angegriffen worden waren. Es hat sich also richtig gelohnt. Wir diskutierten gerade darüber, ob wir unsere Lieblingsstellen noch ein zweites Mal anlaufen sollten, als Rachel abrupt stehen blieb und im Flüsterton ein »Oje!« ausstieß.

Ich sah mich um, konnte Jackson und seine Freunde aber nirgends entdecken. »Wo sind sie denn?«

Rachel zeigte auf Taylor und Hannah, zwei Sechstklässlerinnen von unserer Schule. Sie waren mit zwei anderen Mädchen zusammen, die ich nicht kannte, aber mir war sofort klar, dass sie alle gute Freundinnen waren, denn sie trugen alle vier passende Kostüme. Jede von ihnen hatte ein glänzendes lilafarbenes Top und knallenge schwarze Hosen an. Außerdem hatten sie ihre Haut mit Glitzerkram verziert und waren geschminkt: lila Lidschatten, dunkler Eyeliner und roter Lippenstift. Hätte ich es nicht besser gewusst, hätte ich sie für mindestens fünfzehn gehalten. Es war zwar Halloween und es war im Prinzip ja auch der Sinn des Ganzen, sich zu verkleiden, aber ihre

Kostüme wirkten irgendwie ganz anders. Auch ohne den Glitzerkram hatten sie etwas Funkelndes an sich.

»Hi!« Ich wollte auf sie zugehen, aber Rachel hielt mich zurück.

Taylor hob die Hände und rümpfte die Nase. »Igitt, was ist denn das für ein Gestank?«, fragte sie.

»Äh, wir wurden mit Eiern beworfen«, erklärte ich. »Zumindest ein paar von uns, aber nur ein bisschen.«

»Wie, und dann seid ihr immer noch hier unterwegs? Das ist ja ekelhaft«, sagte eins der Mädchen, die ich nicht kannte. Sie hatte langes dunkelgelocktes Haar und eine Zahnspange mit lila Gummibändern. Ich fragte mich, ob sie wohl immer lila Gummis hatte oder diese extra zu ihrem Kostüm besorgt hat. Ich stellte ihr die Frage aber nicht laut. Die Art, wie sie uns anstarrte – als wären wir gerade aus einem Abwasserkanal gekrochen –, reizte mich nicht gerade dazu, mit ihr reden zu wollen.

Taylor begutachtete unsere Truppe und fragte dann: »Was sollt ihr eigentlich darstellen?«

»Exotische Fische«, antwortete ich. »Bis auf Rachel. Sie ist die Burg im Aquarium.«

»Eine Burg?«, hakte Taylor nach und grinste blöd. »Wirklich? Du bist 'ne Burg?«

Rachel donnerte mir den Ellbogen in die Seite. Alle anderen hielten den Mund, also tat ich das auch.

Taylor sah Rachel spitz an und sagte: »Es überrascht mich, dass du kein Kostüm gefunden hast, das dein Gesicht versteckt.«

Rachels Wangen glühten rot. »Was willst du damit sagen?«

»Wenn ich so Pickel hätte wie du, dann würde ich mir 'ne Papiertüte übern Kopf ziehen«, sagte das Mädchen mit der Zahnspange. »Allerdings nicht nur zu Halloween.«

Ihre Freundinnen kicherten hinter vorgehaltener Hand.
»Na ja, immerhin trage ich ein richtiges Kostüm«, gab Rachel zurück. Sie versuchte ihre Arme vor der Brust zu verschränken, aber der Karton war im Weg, das brachte Taylor und ihre Freundinnen nur noch mehr zum Lachen.
»Was wollt ihr Typen eigentlich sein?«, fragte Yumi.
»Rockstars natürlich. Alles andere ist doch Kinderkram.« Taylor rollte die Augen, drehte sich um und stakste auf ihren hohen Absätzen davon. Ihre drei Freundinnen folgten ihr auf dem Fuß.
Inzwischen kochte Rachel. »Rockstars?«, brüllte sie. »Ihr habt doch noch nicht mal Instrumente!«
Statt ihr zu antworten, lachten Taylor und ihre Freundinnen nur gemein.
»Vergiss es einfach«, sagte Emma, sobald sie außer Hörweite waren. »Kommt, wir gehen.«
Schließlich setzten wir unsere »Süßes oder Saures«-Tour fort und ergatterten eine Wahnsinnsmenge Süßigkeiten. Aber nach dem Zusammenstoß mit Taylor und ihren Freundinnen machte es irgendwie nicht mehr so viel Spaß.
Es war merkwürdig. Den Ninjas zu begegnen war hart gewesen und sie hatten sogar eine echte Bedrohung dargestellt: faule Eier, versaute Kostüme und Demütigung vor Jackson, dem Jungen, den ich am allerwenigsten ausstehen konnte.
Alles, was Taylor und ihre Freundinnen uns getan hatten, war, gemeine Sachen zu sagen und uns blöd anzugucken. Es hätte uns gar nichts ausmachen sollen, aber das tat es doch.
Peppers Hundetraining funktionierte normalerweise auch mit den Jungs. Aber ich hatte irgendwie das seltsame Gefühl, dass die gleichen Tricks auf gar keinen Fall auch bei einem Haufen Mädchen funktionieren könnten.

KAPITEL ZWEI

Tulpen und Pepper passen nicht zusammen

Meine Mutter sauste früh am nächsten Morgen munter in die Küche. Ihre Haare waren ungekämmt und sie war nur halb angezogen mit Jeans und ihrem Schlafshirt, dazu trug sie ihre kuscheligen pinkfarbenen Häschenschlappen.

»Annabelle, weißt du was? Ich werde eine Braut!«, brüllte sie förmlich.

Vollkommen verwirrt schaute ich von dem Stapel Süßigkeiten auf, den ich gerade sortierte. Erstens war ich nicht taub. Aber wichtiger war, dass zweitens Halloween vorbei war. »Äh, ist es nicht ein bisschen früh, jetzt schon das Kostüm für das nächste Jahr zu planen?«

Mama lachte und ich hatte keine Ahnung, was so komisch war oder wieso sie so gut gelaunt war, noch bevor sie ihren Morgenkaffee getrunken hatte.

»Geht's dir gut?«, fragte ich vorsichtshalber.

»Mir geht es viel besser als gut! Was ich sagen wollte ist, dass ich wirklich eine Braut werde, weil Ted und ich uns gerade verlobt haben.«

Ich starrte sie entgeistert an.

»Das bedeutet, wir werden heiraten«, fügte sie hinzu.

»Oh.« Ich lehnte mich zurück und verschränkte meine Arme vor der Brust, die sich seltsam eng anfühlte. »Ja, ich weiß, was verlobt heißt.«

»Dann ist ja gut.« Sie streckte die Hand aus und zeigte mir ihren neuen Ring, einen schmalen Goldring mit einem Diamanten in der Mitte. Der Stein glänzte, aber nicht halb so doll wie ihre grünen Augen. Ich hatte sie schon ewig nicht mehr so aufgeregt gesehen. »Er hat mich gestern Abend damit überrascht.«

»Toll.« Ich bemühte mich, ein bisschen Enthusiasmus aufzubringen, aber meine Stimme klang flach. Ich wusste, dass ich mich für sie hätte freuen sollen. Aber warum hatte ich dann das Gefühl, dass sich gerade ein Riesenkloß in meinem Hals bildete? Und wie kam es, dass die ganzen bunten Verpackungen der Süßigkeiten vor meinen Augen verschwammen?

»Oh je, du bist ja ganz aufgebracht!«, rief meine Mutter.

»Nein, das bin ich nicht«, gab ich zurück, aber vermutlich war ihr klar, dass ich bluffte, weil ich blinzeln musste, um nicht zu weinen.

»Es tut mir leid, Annabelle. Ich wollte dich damit nicht überfallen. Ich bin nur so aufgeregt und konnte nicht anders.«

Sie versuchte ihre Hand auf meine zu legen, aber ich zog sie weg.

»Das ist schön«, sagte ich. »Ich meine, das ist großartig. Ich, hm, freue mich echt für dich.« Und das wollte ich, ich wollte es wirklich. Aber meine Mutter war nie verheiratet. Es gab immer nur uns beide. Zumindest bis zum letzten Sommer, als wir dann bei ihrem Freund eingezogen sind. So sind wir in diesem großen Haus in Westlake gelandet. Davor haben meine Mutter und ich in einer gemütlichen Wohnung in North Hollywood gewohnt. Das ist dreißig Meilen von hier weg. Als sie mir letzten Sommer von den großen Umzugsplänen erzählte, hatte sie gesagt, wir würden alle eine Weile zusammenleben,

um sicherzugehen, dass wir miteinander klarkommen, bevor Ted und sie den nächsten Schritt wagen würden.
Ich hatte gedacht, es dauerte Jahre, nicht Monate. »Ist das nicht ein bisschen früh?«, fragte ich.
»Wir hatten eigentlich geplant, etwas länger zu warten«, antwortete Mama, zog einen Stuhl heran und setzte sich neben mich. »Aber es fühlt sich richtig an. Und ich weiß auch, dass es eine Riesenneuigkeit ist, und du hast das mit dem Umzug schon so toll mitgemacht und …« Erst dann bemerkte sie meine Süßigkeiten. »Die isst du aber nicht zum Frühstück, oder?«
»Ich sortiere sie nur. Möchtest du etwas?« Ich bot ihr einen Kaugummi mit Kirschgeschmack an – die mochte sie am liebsten.
»Nein, danke.« Sie schüttelte den Kopf. »Mach dir bitte keine Sorgen, Liebling. Die Ehe wird nichts verändern, da wir ja sowieso schon alle zusammenleben.«
»Das habe ich bemerkt.«
Sie seufzte voller Mitgefühl und zupfte mit einer Hand an ihren blonden Locken. »Ich finde, wir haben den schwierigsten Teil hinter uns gebracht. Ich weiß, dass der Umzug dir einiges abgefordert hat, aber du schlägst dich so gut. Und du hattest sicherlich viel Spaß an Halloween.«
Ich zuckte mit den Schultern und dachte noch einmal daran, wie unlustig sich der Halloweenabend entwickelt hatte, nachdem wir Taylor und ihren Freundinnen begegnet waren. Nicht, dass ich meiner Mutter davon erzählt hätte.
»Nichts ändert sich, außer dass Ted mein Mann sein wird und nicht mein Freund. Außerdem wird er dann auch dein Stiefvater sein. Aber das sind nur Bezeichnungen, nur Worte.«
Natürlich, meine Mutter versuchte alles, damit ich mich bes-

ser fühlte, aber ich hatte bisher noch nicht einmal über die Stiefvatersache nachgedacht. Ich habe nie einen echten Vater gehabt. Zumindest keinen, den ich je getroffen hätte. Und jetzt sollte ich einen Stiefvater bekommen? Ich wusste nicht recht, was ich damit anfangen sollte, also zählte ich lieber weiter meine Süßigkeiten: drei Gobstopper, sechs Packungen mit Weingummi und vier Lakritzschnecken. Nein, es waren fünf, drei rote und zwei schwarze. Ich hasse Lakritz.

»Wahrscheinlich wird es eine kleine Zeremonie im Garten. Ich bin für die bescheidene Variante, aber Ted hätte es lieber etwas traditioneller. Wir denken noch darüber nach. Oh, und ich wollte dich unbedingt noch etwas fragen. Möchtest du meine Brautjungfer werden?«

Sie brachte mich beim Zählen durcheinander. Jetzt wusste ich nicht mehr, ob ich sechs oder sieben Schachteln Junior Mints hatte.

»Annabelle?«

»Eine Sekunde.« Alles in allem waren es acht Schachteln.

»Hast du mich verstanden?«, fragte sie.

»Ja!«

Sie stützte sich mit den Händen auf den Tisch und beugte sich vor. »Ja, du hast mich verstanden? Oder ja, du wirst meine Brautjungfer?«

»Ja zu beidem«, sagte ich und sah schließlich zu ihr auf. »Aber bedeutet das, dass ich mich in Schale werfen muss?«

Kaum hatte ich das gesagt, bekam ich auch schon ein schlechtes Gewissen. Besonders als ich merkte, dass das Lächeln meiner Mutter verschwand. »Nur ein Scherz«, sagte ich schnell, obwohl es das eigentlich nicht war.

Mein Onkel Jake und sein Partner Shane hatten vor zwei Jahren auch eine kleine Zeremonie. Mama hatte darauf bestanden, dass ich ein gelbes Kleid *und* total kratzige Strumpfhosen *und* Lackschuhe trug, die meine Zehen quetschten und mir drei Blasen einbrachten. Es war absolut lächerlich – die Klamotten meine ich. Die Zeremonie war nett, zwar ein bisschen langweilig, aber schließlich hat es sich doch gelohnt, denn nachher gab's Würstchen im Teigmantel mit drei verschiedenen Sorten Senf.

»Ich gehe mit dir ein Kleid kaufen, aber darüber können wir später noch sprechen«, sagte meine Mutter. »Ich werde dich zu nichts zwingen, das du nicht willst.«

»Wie du mich auch nicht gezwungen hast hierherzuziehen«, murmelte ich.

Sie ignorierte meinen letzten Kommentar. »Ted ist laufen gegangen, aber ich dachte mir, wenn er zurückkommt, könnten wir alle was Tolles zusammen machen.«

Es schien so, als ob Ted immer laufen war. Er trainiert für den L.A.-Marathon, was bedeutet, dass er dieses Frühjahr 42 Kilometer am Stück laufen musste. Warum er das machte, war mir schleierhaft.

»Aber ich wollte heute doch bei Yumi übernachten. Das darf ich doch immer noch, oder?«

»Natürlich darfst du das. Wir haben den ganzen Tag noch Zeit.«

Ich packte meine Süßigkeiten weg. Die meisten in die Vorratskammer, aber manche landeten auch wieder im Beutel, so konnte ich sie später mit zu Yumi rübernehmen. Rachel, Claire und Emma übernachteten ebenfalls bei ihr und wir wollten die Dinge tauschen, die wir nicht so gerne mochten.

»Heute ist eigentlich gar nicht so gut. Ich hab 'ne Menge zu tun. Hausaufgaben und so ein Zeug.« Ich sauste aus der Küche.

Mama rief hinter mir her, aber ich war schon fast die Treppe hoch und tat so, als hätte ich sie nicht gehört. Ein paar Minuten später klopfte sie an meine Zimmertür, um zu sehen, ob ich reden wollte, aber ich hatte Angst, dass ich in dem Moment, in dem ich es versuchte anfangen würde zu weinen. Also blieb ich den ganzen Tag über in meinem Zimmer.

Bevor Rachel um vier Uhr herüberkam, ging ich nicht mehr runter. Mama fuhr uns beide zu Yumi und fing zum Glück auch gar nicht mehr mit der Hochzeit an.

Als wir ankamen, waren Claire und Emma bereits da, also fingen wir gleich mit dem Süßigkeitentausch an.

Ich hatte meine ganzen Kaubonbons mitgebracht, denn die mochte ich nicht, weil sie immer an meinen Backenzähnen hängen blieben und einen ekligen Nachgeschmack hinterließen. Glücklicherweise sind Claire SweeTarts zu sauer, also nahm sie stattdessen meine ganzen Lakritze. Und Rachel ist allergisch gegen Kokosnüsse, deshalb tauschte ich meine Karamells gegen ihre Almond Joys.

Als wir fertig waren, kamen auch schon unsere Pizzas. Nach dem Abendessen spielten wir Monopoly, aber wie immer wurde das Spiel nach einer Stunde langweilig, also gingen wir über zu Dance Dance Revolution.

Als auch das öde wurde, sagte Yumi: »Habt ihr gesehen, wie furchtbar die Schreckliche T gestern Abend aussah?«

»Die Schreckliche T?«, fragte ich nach.

»So nennen wir Taylor Stansfield«, erklärte Rachel mir. »Sie ist die Schreckliche T und ihre Freundinnen sind die drei Plagen. Sie wirkten wie Zombieklone mit zu viel Make-up. Das hat sogar einen gewissen Sinn, weil sie sich wie Klone benehmen.«

»Oder wie Schafe«, meinte Emma. »Sie hätten sich als Dolly verkleiden sollen. Das wäre passender gewesen.«

»Wieso?«, wollte ich wissen.

»Dolly, das Schaf. Sie war das erste Tier, das jemals geklont wurde. Das war in Schottland 1996«, erläuterte Emma. »Aber sie hat nur sechs Jahre gelebt.«

»Unsere Kostüme waren um Längen besser«, sagte Yumi. »Keine Frage.«

»Sie waren im Grunde noch nicht mal richtig verkleidet«, bestätigte Claire. »Ich meine, bis auf den Glitzerkram auf der Haut würden sie in dem Aufzug auch in die Schule gehen.«

»Klar, ich bin sicher, Taylor findet sich zu cool für eine richtige Verkleidung«, sagte Rachel. Sie ließ sich in die Couchkissen zurückfallen, als wäre sie zu verärgert um aufrecht zu sitzen. »Die und ihre Freundinnen glauben, sie seien so toll, aber ich hab keine Ahnung, warum sie so beliebt sind. Sie ist doch gar nicht so hübsch, oder?«

Rachel sah mich an, aber ich hatte dem nichts hinzuzufügen. Ich hatte mich diesen Herbst mit den ganzen lästigen Jungs rumgeärgert, sodass ich überhaupt keine Gelegenheit gehabt hatte, über die anderen Mädchen in Birchwood nachzudenken. Es war auch nicht nötig, weil ich ziemlich froh darüber war, in dem Haus gegenüber von Rachel zu wohnen. Wir hatten uns schon vor Schulbeginn kennengelernt und sie hat mich dann mit Claire, Emma und Yumi bekannt gemacht. Seitdem sind wir ständig zusammen. Es ist einfach so, dass wir vom allerersten Tag an super zusammengepasst haben.

»Moment, du *magst* Taylor und ihre Freundinnen doch nicht etwa, oder?«, wollte Rachel von mir wissen.

»Ich kenne sie nicht«, gab ich zurück, ohne ihre Frage wirklich zu beantworten, und hoffte, damit wäre die Sache erledigt. Denn die Wahrheit war, dass ich Taylor für echt cool gehalten hatte, bis ich mitkriegte, wie gemein sie gestern zu Rachel gewesen war. Und nicht nur sie – ich hatte auch ein paar Kurse mit Hannah. Im Chor saßen wir drei zusammen. Manchmal unterhielten wir uns vor und nach dem Unterricht, außerdem lächelten wir uns immer an, wenn wir uns im Flur trafen. Wir waren nicht wirklich Freundinnen, wir waren aber auch nicht nicht befreundet. Und auf gar keinen Fall waren wir Feinde.

»Glaub mir, wenn du sie kennen würdest, könntest du sie auch nicht ausstehen«, beteuerte Rachel. Sie hatte dabei einen merkwürdigen Gesichtsausdruck, so als ob sie zu viele saure Drops gegessen hätte. Das wäre durchaus möglich gewesen, aber ich glaube nicht, dass es daran lag. Ich hatte sie vorher noch nie so wütend gesehen, noch nicht einmal wegen Jackson.

»Hey, lasst uns endlich den Film sehen«, sagte ich, um das Thema zu wechseln.

Yumi hatte *High School Musical III* ausgeliehen. Da es schon ziemlich spät war, rollten wir unsere Schlafsäcke vor dem Fernseher aus, bevor wir anfingen. Anscheinend hielten nur Yumi und Claire bis zum Ende des Films durch. Das behaupteten sie zumindest. Als wir am nächsten Morgen aufwachten, lief der Fernseher noch, deshalb hatte ich da so meine Zweifel.

Als ich wieder nach Hause kam, pflanzten meine Mutter und Dussel gerade Tulpen im Garten.

Dussel, so nenne ich manchmal Ted, den Freund meiner Mutter – ich meine, ihren Verlobten. Ich weiß, dass ich das nicht sollte, aber manchmal machte er es einem wirklich schwer, ihn nicht so zu nennen – heute Morgen zum Beispiel. Er trug einen riesigen Sonnenschlapphut. Okay, stimmt schon, Dussel ist über eins achtzig groß und hat 'ne Glatze, also muss er sich vielleicht ganz besonders vor Sonnenbrand schützen, weil sein kahler Kopf näher an der Sonne dran ist als bei anderen Leuten. Aber trotzdem … Hatte er noch nie von einer Baseballmütze gehört?

So gerne ich mich nach oben verkrümelt hätte, so genau wusste ich auch, dass ich mich nicht ewig verstecken konnte. Meine Mutter würde sich wundern, wo ich blieb, und wenn sie dann bemerkte, dass ich wieder allein in meinem Zimmer saß, würde sie wahrscheinlich mit mir darüber reden wollen, wie es mir ging, und danach war mir nicht. Also ging ich raus.

Pepper sprang auf mich zu und legte mir seine schmutzigen Pfoten auf die Knie. »Hallo, Kumpel.« Ich kraulte ihn hinter den Ohren. Sein schwarz-weiß geschecktes Fell war völlig verdreckt, aber das war mir egal. »Hast du mich vermisst?« Ich beugte mich runter, damit er mein Gesicht lecken konnte. Mich störte nicht einmal sein schlechter Atem. So sehr liebte ich meinen Hund.

Mama stand auf, schirmte mit der Hand die Sonne ab und blinzelte. »Hallo, Annabelle, wie war's bei Yumi?«

»Es hat Spaß gemacht.«

»Gefallen dir die neuen Blumen?« Sie deutete zu den zwei Reihen mit roten und gelben Tulpen.

»Hm, na klar.« Ich zuckte die Achseln.

»Wir setzen sie jetzt, damit wir sehen, wie sie für die Hochzeit aussehen. Wir sind uns nicht sicher, ob wir lieber Tulpen, Rosen oder Afrikanische Veilchen nehmen sollten. Oh, und wir haben uns schließlich doch auf ein Datum geeinigt.« Mama wischte sich etwas Schweiß aus den Augenbrauen und hinterließ dabei einen Matschstreifen. »Fünfzehnter Dezember.«

Ich schlug mir mit der flachen Hand auf die Stirn. »Aber genau dann wollte ich meine Sockenschublade aufräumen!«

»Nett«, erwiderte Mama, obwohl es nicht gerade überzeugend klang.
»Ich wollte bis Juni warten, damit wir mehr Zeit haben zu planen«, sagte Dussel. »Aber deine Mutter hat darauf bestanden und sie ist der Boss.«
»So wird das also immer sein?« Mama kicherte und schlug Dussel mit einem ihrer Gartenhandschuhe aufs Knie.
Igitt. Es gibt nichts Schlimmeres, als meine Mutter dabei zu beobachten, wie sie mit Dussel flirtet. Zum Glück hörte sie ziemlich schnell damit auf und wandte sich mir zu. »Ich dachte mir, warum sollen wir warten? Es gibt nicht viel zu planen. Es kommt doch darauf an, verheiratet zu sein, und nicht auf die Hochzeit, deshalb haben wir uns ja auch für eine bescheidene Feier im Garten entschieden.«
»Das war auch die Idee deiner Mutter. Und weißt du was?«, fragte Dussel und antwortete schon, bevor ich überhaupt eine Chance hatte auf etwas zu kommen. »Du lernst endlich Jason kennen. Er hat lange Winterferien, deshalb kommt er zu Thanksgiving und bleibt im Prinzip den ganzen Dezember.«
»Und wohnt er dann hier?«, hakte ich nach.
»Natürlich.«
Jason ist Dussels Sohn aus erster Ehe. Er ist echt alt – zwanzig, glaub ich – und er studiert dieses Jahr in der Schweiz. Ich fragte mich, ob er auch dusselig war. Vermutlich, denn er hatte den gleichen Nachnamen und zur Hälfte die gleichen Gene. Ich nannte ihn Minidussel, aber natürlich nicht laut.
»Oh, und du kannst zur Hochzeit eine Freundin einladen«, sagte meine Mutter.
»Nur eine?«, fragte ich nach.
»Ja, weil wir versuchen, die Sache klein zu halten.«
»Okay, in Ordnung«, meinte ich. Und weil ich vermeiden

wollte, dass sie versuchten mich dazu zu bringen, ihnen beim Pflanzen zu helfen, verschwand ich ins Haus und hoch in mein Zimmer.

An diesem Abend briet Dussel Steaks, um die Verlobung zu feiern. Ich dachte, dafür gäbe es die Hochzeit, aber was soll's. Es lag mir fern, mich zu beschweren, weil sie wirklich gut waren. Dazu machte er seinen berühmten Kartoffelbrei. Das waren seine Worte – ich weiß noch immer nicht, warum er berühmt sein soll, aber er war so lecker, dass ich nicht danach fragen werde.

Die beiden wollten von mir mehr darüber wissen, wie Halloween, die Schule und die Übernachtung war, aber die meiste Zeit redeten sie doch nur über die Hochzeit. Langweiliges Zeug wie zum Beispiel, dass sie einen Partyservice aussuchen mussten und sich darüber zu einigen hatten, was für Musik gespielt werden sollte, und dann gab es auch noch die Gästeliste.

Gähn! Es war hart, nicht einzuschlafen – und das nicht nur deshalb, weil ich bei Yumi weniger als vier Stunden geschlafen hatte. Ich muss tatsächlich am Tisch eingenickt sein, weil ich auf einmal jemanden brüllen hörte: »Pepper, was hast du gemacht?«

Ich riss meine Augen gerade rechtzeitig auf, um noch zu sehen, wie mein Hund einen Erdklumpen mit gelben Tulpen ins Esszimmer schleppte und dabei eine Matschspur hinter sich herzog. Er sah so stolz aus, dass ich mir ein Lächeln nicht verkneifen konnte.

Aber sonst fand das niemand niedlich. Mama sprang vom Tisch auf und stürzte nach draußen, während Dussel und ich ihr folgten.

Der Rasen war mit gelben und roten Blütenblättern übersät.

Pepper hatte die Hälfte der neu gesetzten Blumen rausgerupft.
»Die ganze harte Arbeit!«, stieß meine Mutter aus. »Alles umsonst!«
»Vielleicht sollten wir das nächste Mal lieber einen Zaun ziehen«, schlug Dussel vor.
»Aber das sieht nicht schön aus. Jemand muss ihm einfach beibringen nicht zu buddeln.« Meine Mutter sah mich an, was nicht besonders fair war.
Klar, genau genommen war Pepper mein Hund. Aber ich war nicht diejenige, die einen schicken Garten für eine Hochzeit brauchte.
Vielleicht war Pepper von einer Heirat genauso wenig begeistert wie ich und das war seine Art zu protestieren. Wenn das stimmte, rechnete ich ihm hoch an, dass er aktiv geworden war.
Alles, was ich bisher geschafft hatte, war zu schmollen.

KAPITEL DREI

Die Schreckliche T

Als ich am Montag in den Sportunterricht kam, setzte ich mich wie üblich bei der Anwesenheitsprüfung auf den Boden. Wir reihten uns immer dem Alphabet nach auf, das bedeutete, dass ich direkt hinter Taylor saß, weil mein Nachname Stevens ist und sie Stansfield heißt. Normalerweise lächele ich ihr zu und sie erwidert mein Lächeln.

Aber seit Halloween wusste ich nicht, wie ich mich verhalten sollte. Ich wollte nicht unfreundlich zu Taylor sein, nur weil Rachel und meine anderen Freunde sie nicht mochten. Das wäre unfair. Natürlich, Taylor war ziemlich gemein zu Rachel, aber Rachel war daraufhin ebenfalls gemein zu Taylor gewesen. Ich hatte keine Ahnung, wer mit der ganzen Sache angefangen hatte, und ich hatte keine Lust, in der Mitte zerrieben zu werden oder für eine Seite Partei zu ergreifen.

Außerdem irrte sich Rachel. Taylor war nicht hässlich. Sie war sogar ziemlich hübsch, mit ihrem glänzenden dunklen Haar und ihren weit auseinanderliegenden grünen Augen. Darüber hinaus ging sie unglaublich aus sich heraus. Im Chor ist sie immer die Erste, die freiwillig Solos übernimmt. Sie möchte Popstar werden und redet die ganze Zeit darüber. Rachel findet das abscheulich und arrogant, aber ich finde es gut, wenn man etwas hat, das man wirklich gerne machen will.

Rachel müsste das eigentlich verstehen. Schließlich ist sie diejenige, die Schlagzeuger in einer Rockband werden möchte. Was ist da also der Unterschied? Das hatte ich sie am Samstag schon gefragt, aber sie hat nichts weiter dazu gesagt und ich habe sie nicht gedrängt.

Lächeln oder nicht lächeln, das war die große Frage. Bevor ich eine Entscheidung treffen konnte, drehte Taylor sich um und sah mich verdutzt an, als hätte sie gerade erst bemerkt, dass ich existierte. Das war irgendwie merkwürdig, aber dann tat sie etwas vollkommen Verrücktes. Sie betrachtete mich von oben bis unten, als wäre ich ein gebrauchtes Fahrrad und sie müsste erst gründlich prüfen, ob sie es wirklich kaufen sollte. Als sie endlich mit der Begutachtung fertig war, sah sie enttäuscht aus, ganz so, als handelte es sich bei mir um gebrauchte und beschädigte Ware.

»Was?« Ich hätte sie nicht fragen sollen, aber die Frage war mir rausgerutscht, bevor ich richtig nachgedacht hatte.

Taylor zog ihre Augenbrauen hoch, als würde sie scharf nachdenken, das machte mich richtig nervös. Vielleicht hatte sie so viel zu kritisieren, dass sie gar nicht wusste, wo sie anfangen sollte.

Als unsere Blicke aufeinandertrafen, sagte sie: »Deine Mutter erlaubt dir nicht, deine Beine zu rasieren, oder?«

Ich blickte auf meine Beine und sie tat das auch. Ich hatte keine Ahnung, was ich sagen sollte, oder ob ich überhaupt antworten sollte.

Es stimmte, meine Beine sahen ein bisschen pelzig aus, aber meine Haare sind so hell, dass man sie kaum sieht. Rasieren lohnte sich also nicht. Aber was, wenn alle anderen Sechstklässlerinnen in Birchwood sich doch schon rasieren? Vielleicht war ich die einzige Spätzünderin.

Ich war nicht sicher, ob Rachel oder meine anderen neuen

Freundinnen sich rasierten. Wir hatten bisher noch nicht darüber geredet. Vielleicht taten sie es alle und hielten mich deshalb für komisch oder kindisch. Obwohl sie meine Freundinnen waren und viel zu nett, um so von mir zu denken. Vielleicht sprachen sie genau aus dem Grund nicht über das Rasieren, weil sie nicht wollten, dass ich mich schlecht fühlte, aber das war noch viel schlimmer.

Ich saß verstört da und betrachtete meine Beine. Die Zeit schien zu schleichen. Ich hatte das Gefühl, dass sich jede quälende Sekunde länger zog als eine Stunde.

Taylor starrte mich an und wartete auf eine Antwort. Sie zwinkerte nicht einmal.

Schließlich sagte ich: »Nein.« Aber schon während ich das aussprach, wünschte ich, ich hätte eine bessere Antwort.

Wie: »Ich bin mir nicht sicher, denn ich will mir die Beine eigentlich noch nicht rasieren, deshalb habe ich nie danach gefragt. Aber wenn ich es täte, würde meine Mutter wahrscheinlich sagen, mach es doch, denn sie ist bei so Sachen echt cool.«

Und das war die Wahrheit. Aber die Wahrheit schien nicht gut genug. Die Lüge natürlich auch nicht. Taylor drehte sich wieder um und sagte die restliche Stunde über nichts mehr zu mir.

Vielleicht würde sie nie mehr mit mir reden.

Das hoffte ich allerdings nicht.

Sport ist immer meine letzte Stunde, aber ich konnte danach nicht gleich nach Hause gehen, weil ich Tobias und Oliver nach der Schule in der Bibliothek treffen musste. Wir sind in der gleichen Laborgruppe in Bio, und die vergangenen zwei Wochen hatten wir damit verbracht, Schimmelsporen auf Brot zu züchten. Jetzt mussten wir den Laborbericht über

unser Experiment schreiben. Er musste bis Mittwoch fertig sein und diese Berichte waren ein wichtiger Teil unserer Note, also mussten wir die Sache wirklich gut machen.
Ich wünschte, ich hätte eine lange Hose dabei, die ich überziehen konnte. Ich war mit Shorts und Tennisschuhen ohne Socken in die Schule gekommen. Jetzt hatte ich Panik, dass jedem Einzelnen meine behaarten Waden auffielen und man mich für einen Freak hielt. Es war gut möglich, dass ich das einzige Mädchen an der Birchwood Mittelschule war, das sich nicht rasierte. Solange ich das nicht sicher wusste, musste ich zusehen, dass man meine Beine nicht sehen konnte.
Als ich in die Bibliothek kam, waren die Jungs schon da. Oliver sieht süß aus, sein schmutzigblondes Haar ist zu einer Bürstenfrisur gestutzt, er hat grüne Augen und seine Haut ist eher dunkel, weil er halb schwarz ist. Er hat einen niedlichen Akzent, der mir nie aufgefallen war, weil er kaum etwas sagt. Aber seit er mir erzählt hat, dass er in Jamaika geboren wurde und erst vor vier Jahren nach Kalifornien gezogen war, höre ich ihn immer. Tobias ist blass, hat zottige schwarze Haare und trägt eine Brille. Außerdem hat er eine große Nase und sein Gesicht ist von den Wangen über seinen ganzen Hals bis runter zum Kragen mit Pickeln übersät. Er sieht überhaupt nicht süß aus, glaubt das aber trotzdem.
Auch wenn ich mich nach der ganzen Sache mit Taylor und der Beinrasiererei elend fühlte, richtete ich mich auf und marschierte entschlossen auf sie zu. Während ich meinen Rucksack auf den Tisch schleuderte, fragte ich: »Hey, was geht ab?«
Dann zog ich mein Heft raus und verteilte die Aufgaben, bevor sie überhaupt mit mir diskutieren konnten. »Ein Laborbericht besteht aus sechs unterschiedlichen Abschnitten, also teilen

wir sie einfach auf und jeder übernimmt zwei davon. Tobias, du kannst die Einleitung und Voraussetzung schreiben. Oliver, du erstellst die Materialliste und Bestandsliste und erklärst die Vorgehensweise. Und ich beschreibe unsere Beobachtungen und die daraus resultierende Schlussfolgerung.«

»Wieso schreibst ausgerechnet du die Schlussfolgerung?«, fragte Tobias.

Ich verschränkte meine Arme vor der Brust und warf ihm einen bösen Blick zu. »Willst du sie schreiben? Mir ist es im Grunde egal.«

»Ne, schon okay.« Tobias schob seine Brille hoch, beugte sich über sein Heft und fing an zu schreiben.

Ich musste lächeln. Wenn man es nicht besser wüsste, könnte man fast glauben, ich wäre ganz schön herrisch, aber das bin ich nicht. Wirklich. Das hat alles seine Ordnung.

Zu Beginn des Schuljahres hatten Oliver und Tobias das ganze Labormaterial an sich gerissen und mich nicht mitmachen lassen. Aber dann habe ich ein paar von Peppers Erziehungstrainingseinheiten auf sie angewendet und seitdem läuft die Sache ganz gut. Für jeden von uns glaube ich. In weniger als zwei Stunden waren wir mit unserem Laborbericht fertig. Dann fuhr uns Olivers Mutter alle nach Hause.

Ich war froh zurück zu sein. Zumindest bis ich zur Haustür reinkam und aus der Küche laute Stimmen hörte.

»Das ist doch keine große Sache«, sagte Dussel. »Es tut mir leid, aber ich habe einfach mal angenommen, dass du deinen Namen ändern willst, wenn wir heiraten. Traditionsgemäß …«

»Wann habe ich mich je traditionsgemäß verhalten?«, wollte Mama wissen. »Und was ist mit Annabelle? Ich kann doch nicht anders heißen als meine eigene Tochter.«

»Du hast mich auch gar nicht ausreden lassen. Ich wollte gerade sagen, dass ich bisher nie darüber nachgedacht habe, aber …«

»Das hättest du aber tun sollen.«

»Da siehst du's, jetzt unterbrichst du mich schon wieder.«

Oje. Ich erstarrte, kaum dass ich die Haustür hinter mir geschlossen hatte. Ich wollte gar nicht lauschen, aber ich war viel zu neugierig, um einfach weiterzugehen. Bisher hatte ich Mama und Dussel noch nie streiten hören und fragte mich, ob sie sich jetzt wohl trennten. Dann würden sie die Hochzeit absagen müssen. Außerdem müssten Mama und ich nach North Hollywood zurückziehen. Dabei hatte ich mich gerade an alles gewöhnt und wollte nicht umziehen. Nicht einmal nach der demütigenden Sportstunde heute.

Also machte ich die Tür wieder auf und schmiss sie so fest zu wie ich nur konnte, dabei brüllte ich: »Hallo, ich bin zu Hause!«

Sofort hörten sie auf zu reden und ein paar Sekunden später kam Mama mit einem sehr gepressten und gezwungen wirkenden Lächeln in den Flur. »Hallo, Annabelle. Hast du deinen Buchbericht fertig?«

»Den Laborbericht«, antwortete ich. »Äh, kann ich dich etwas fragen?« Ich musste mit ihr unbedingt über das Rasieren reden. Nicht nur wegen der Sache, die heute bei Sport passiert war, sondern auch weil ich neugierig war. Ich fragte nicht *nur* wegen Taylor. »Es ist wichtig«, sagte ich und lief schon mal hoch, in der Hoffnung, sie käme hinterher.

»Um was geht's?«, fragte sie und warf einen zerstreuten Blick in Richtung Küche. Ich wollte sie unter keinen Umständen in der häuslichen Öffentlichkeit fragen, wenn Dussel jederzeit hereinkommen konnte. Aber sie folgte mir nicht in mein Zimmer. Also fragte ich sie stattdessen, ob ich zu Rachel rübergehen durfte.

Mama schaute auf ihre Uhr. »In Ordnung, aber bleib nicht zu lange. Ted und ich machen Lasagne und die ist in etwa einer Stunde fertig.«

Ich war drauf und dran, sie zu fragen, ob »Lasagne machen« ein neuer Ausdruck für »sich gegenseitig anschreien« war, aber sie musste nicht wissen, dass ich etwas gehört hatte. So sagte ich lieber: »Okay.« Dann schmiss ich nur meinen Rucksack in mein Zimmer, zog mir eine Jeans über und flitzte zu Rachel.

Eine Minute, nachdem ich geklingelt hatte, öffnete Jackson die Tür und fragte: »Was willst du?«

Dieses Mal konnte ich ihm nicht wirklich verübeln, dass er so ungehobelt war. Vermutlich war er immer noch sauer wegen Halloween. »Hallo Jackson, ich wollte nur fragen, ob du mein Shampoo brauchst.«

»Was?«, wollte er wissen.

»Damit du dir die faulen Eier aus deinen Haaren waschen kannst. Erinnerst du dich? Oder hat Claire dich so fest geschlagen, dass du Amnesie bekommen hast?«

»Sehr witzig«, grunzte Jackson und versuchte mir die Tür vor der Nase zuzuschlagen.

Ich hielt sie offen. »Nein, warte. Tut mir leid, war nur ein Scherz. Ist Rachel da?«

Jackson verdrehte die Augen, drehte sich aber trotzdem um und rief sie. »Hey, Pizzagesicht!«

Ich zuckte zusammen. Arme Rachel. Es war vermutlich schon schlimm genug, so schreckliche Akne zu haben, auch ohne so einen gemeinen älteren Bruder, der sich die ganze Zeit über einen lustig macht.

Allerdings war Rachel nicht der Typ, der sich so etwas gefallen ließ. »Halt die Klappe, Eierkopf«, sagte sie, als sie die Treppe heruntergerannt kam. »Nenn mich nicht so!«
»Warum, willst du mich etwa verpetzen?«, fragte er gespielt weinerlich.
Rachel drängte sich an ihm vorbei. »Hallo, Annabelle! Komm rein!«
Sie packte meinen Arm und führte mich nach oben in ihr Zimmer.
»Du hast so ein Glück, dass du ein Einzelkind bist«, sagte sie und schmiss die Tür zu, damit wir unsere Ruhe hatten.
»Nur werde ich es nicht mehr lange sein. Ziemlich bald schon werde ich einen Stiefbruder haben.«
»Aber er wohnt nicht bei dir«, erwiderte Rachel.
»Doch, für sechs Wochen«, antwortete ich. »Dussel hat extra neue Bettwäsche für das Bett im Gästezimmer gekauft. Er nennt es nicht einmal mehr Gästezimmer. Auf einmal ist es Jasons Zimmer. Und weißt du was noch? Wenn Mini-Dussel bei uns wohnt, muss ich das Bad mit ihm teilen.«
»Mini-Dussel?«, fragte sie.
»Das ist sein neuer Spitzname. Das ist leichter als ›Dussels Sohn‹ zu sagen.«
»Gutes Argument.« Rachel nickte zustimmend. »Aber ich glaube nicht, dass du dir Sorgen machen musst. Mini-Dussel studiert, das heißt, er ist schon viel zu erwachsen, um dich aufzuziehen.«
Das klang logisch, aber ich war nicht zu Rachel gekommen, um über Brüder zu sprechen, egal ob echte oder Stiefbrüder.
»Hey, rasierst du dir die Beine?«, fragte ich.
»Ja«, antwortete Rachel. »Ich habe im Sommer angefangen. Warum?«

Sie redete so lässig darüber, dass ich es fast bereute, damit angefangen zu haben. Aber jetzt war es zu spät. Ich musste es einfach wissen. Ich holte tief Luft und fragte weiter: »Rasieren sich alle die Beine? All deine Freundinnen, meine ich.«
»Hm, ich weiß, dass Emma sich rasiert, aber ich glaube nicht, dass Claire und Yumi es machen. Wie kommst du da drauf?«
»Nur so«, sagte ich. »Ich habe mich das einfach nur gefragt.« Und da sie mich irgendwie komisch ansah, erzählte ich ihr, was im Sportunterricht passiert war.
Rachel flippte aus. »Ich kann nicht glauben, dass Taylor das zu dir gesagt hat! Sie ist so schrecklich!«
Ich nickte. Es war ein richtig gutes Gefühl, zu erleben, wie Rachel mich verteidigte. Aber ich wollte keine zu große Sache daraus machen.
»Es ist nur so – ich glaube, sie wollte nicht gemein sein. Sie hat mich einfach nur gefragt, so als würde sie sich über etwas wundern, aber ich weiß nicht so recht. Es war komisch …«
»Natürlich wollte sie gemein sein«, gab Rachel zurück. »So ist sie eben. Andere Leute spielen ein Instrument oder sammeln Aufkleber. Taylors Lieblingsbeschäftigung ist es, dafür zu sorgen, dass andere Leute sich schlecht fühlen. Für sie ist das wie ein Hobby. Als ob sie so perfekt ist. Hast du heute ihre Jeans gesehen? Die kosten vermutlich zweihundert Dollar, denn sie trägt nur Designerklamotten. Aber die sehen unmöglich aus. Sie sollte nicht so tiefgeschnittene Hosen tragen, denn als sie sich gesetzt hat, ist ihr Shirt hochgerutscht und sie hat ein totales Muffin Top.«
»Muffin Top?«, fragte ich.
»Das ist, wenn die Hüften dick sind und über die Jeans hängen, wie bei einem Muffin.«
Ich lachte. Natürlich war das ganz schön gemein, aber es war

zu komisch. Und warum sollte ich ein schlechtes Gewissen haben, wenn Taylor es mit Absicht darauf angelegt hatte, dass es mir schlecht ging?
»Bei Sport sieht man ihr Muffinoberteil auch immer«, stimmte ich zu. »Und neulich hat sogar ihre Unterhose aus ihren Shorts geschaut.«
»Nein!«, brüllte Rachel.
»Wirklich! Sie war pink mit weißen Sternchen.«
»Sternchen?«, hakte Rachel nach »Glaubst du, die hatte sie an, weil sie absolut überzeugt davon ist, dass sie ein großer Star wird?«
Wir kicherten beide.
»Vermutlich zeigt sie die absichtlich«, meinte Rachel. »Weißt du, um Aufmerksamkeit zu erheischen. Ihre ganzen Freundinnen sind so. Hasst du es nicht auch, wie sie durch die Schule laufen, als gehöre sie ihnen? Sie sind die größten Snobs der ganzen sechsten Klasse, so als wären sie auch noch stolz darauf.«
Ich kannte keine von Taylors Freundinnen, außer Hannah, die ich immer gemocht hatte. In Französisch saßen wir nebeneinander. Sie ist groß, hat riesige braune Augen und glattes, schulterlanges schmutzigblondes Haar, das sie permanent hinter ihr Ohr steckt und wieder rauszieht. Immer wenn wir in Französisch Arbeitsblätter austauschen müssen, um sie zu bewerten, tauschen wir untereinander. Letzten Dienstag hab ich hundert Prozent von ihr bekommen und sie hat ein Smiley neben die Note gemalt.
Eingebildete Mädchen malen keine Smileys. Das ist Tatsache.
»Hannah scheint ganz okay zu sein«, sagte ich.
Rachel stöhnte. »Hannah ist die Schlimmste! Sie tut so, als wäre sie ganz nett und ruhig, aber das ist nur Theater. Verlass

dich auf mich. Wenn sie nett wäre, wäre sie nicht mit Taylor befreundet. Ist dir nicht aufgefallen, wie sie hinter ihr herläuft und tut, was Taylor will, wie eine willenlose, jämmerliche Marionette?«

Ich zuckte mit den Schultern. »Ich habe da nie wirklich drauf geachtet.«

»Na ja, jetzt, da ich es dir gesagt habe, wird es dir schon auffallen. Und du kannst nicht anfangen dich zu rasieren, nur weil Taylor so etwas gesagt hat.«

Ich hatte keine Ahnung, wann ich anfangen würde mich zu rasieren, aber ich hatte nicht das Gefühl, dass es eine Sache war, die Rachel für mich entscheiden sollte. Ich meine, ich war froh, sie an meiner Seite zu haben und alles, aber sie reagierte ein bisschen extrem wegen etwas, das ihr gar nicht passiert war.

»Aber was, wenn meine Beine wirklich zu behaart sind? Offenbar fällt es den Leuten ja auf.«

»Lass mal sehen.«

Ich rollte meine Jeans hoch und Rachel beugte sich vor, um meine Waden zu betrachten. »Deine Haare sind so hell, dass man sie kaum sehen kann.«

»Das habe ich auch immer gedacht.«

»Du weißt, wenn du einmal anfängst dich zu rasieren, kannst du damit nicht mehr aufhören. Denn deine Haare sind dann nicht mehr so weich und glatt wie jetzt.«

»Kann ich das wirklich nicht?« Ich rollte meine Jeans wieder runter und schlug meine Beine übereinander.

Rachel schüttelte den Kopf. »Nee. Der Rasierer schneidet sie in einem anderen Winkel, sodass sie sich ganz stopplig anfühlen. Meine Mutter entfernt sie sich mit Wachs, aber das hat in meinen Augen etwas von Quälerei.«

Ich kannte Wachs nur im Zusammenhang mit Kerzen, aber irgendwie bezweifelte ich, dass Rachel davon sprach. »Was heißt mit Wachs?«, fragte ich nach.
»Das bedeutet, dass man heißes Wachs auf die Beine streift und mit einem Tuch bedeckt. Wenn das Wachs erkaltet, klebt es an den Haaren und man reißt das Tuch ganz schnell runter, sodass das Wachs die ganzen Haare mitreißt.«
»Nein!«, keuchte ich.
»Wirklich! Es ist total schmerzhaft, weil es die Haare mitsamt der Haarwurzel rausreißt«, erklärte Rachel. »Aber deshalb hält es auch länger.«
»Aber die Haut wird nicht mit abgerissen?«, wollte ich wissen.
Rachel schüttelte den Kopf. »Nee. Aber trotzdem würde ich das nie tun. Rasieren ist viel besser.«
Ich wollte es nicht laut sagen, aber ich hatte nicht den Eindruck, dass Rasieren so viel besser war. Ich wusste, dass es eigentlich nicht wehtat, aber trotzdem musste man eine Rasierklinge über die Beine ziehen und mir war nicht so richtig klar, wie das schmerzfrei gehen sollte.
Ist euch jemals aufgefallen, dass in den Werbespots für Rasierklingen Frauen immer in riesigen Badewannen mit Schaum sitzen? Na ja, ich muss vom Schaumbad immer niesen. Was ist also, wenn ich niesen muss, abrutsche und mich mit der Rasierklinge schneide? Vielleicht fange ich an zu bluten und ich kann kein Blut sehen. Was ist, wenn ich blute und bei dem Anblick ohnmächtig werde? Ich könnte in meiner eigenen Badewanne ertrinken. Das ist keine tolle Art zu sterben. Nicht dass es wirklich eine tolle Art gibt, aber in der eigenen Badewanne zu ertrinken ist sicher eine der schlechtesten.
Ich glaube, Rachel merkte, wie sehr mich der Gedanke beschäf-

tigte, denn sie sagte: »Du musst dich nicht rasieren. Vergiss Taylor einfach. Ich wünschte, wir hätten nicht mit ihr Sport. Ich wünschte sogar, dass sie nicht auf unsere Schule geht.«

»Genau.« Ich stimmte ihr zu, weil es leichter war, aber um ehrlich zu sein, hatte Taylor mich bisher nie wirklich gehänselt. Na ja, außer heute eben. Und vielleicht an Halloween.

Ich überlegte, warum Rachel Taylor so sehr hasste, aber das konnte ich sie nicht einfach so fragen.

Auf meinem Heimweg kam mir dieser komische Gedanke. Vielleicht wollte Taylor, dass ich mich schlecht fühlte, weil ich zu Rachels Freundinnen gehörte. Aber warum ist sie dann vorher immer so nett zu mir gewesen? Vielleicht war ihr nicht aufgefallen, mit wem ich befreundet war.

Als ich reinkam, holte Dussel gerade die Lasagne aus dem Ofen. Er und meine Mutter gingen den ganzen Abend vollkommen normal miteinander um, also hatten sie sich entweder versöhnt oder konnten echt gut schauspielern.

Als ich mich fürs Bett fertig machte, fiel mir ein, dass ich vergessen hatte Rachel zu bitten, nichts gegenüber den anderen zu erwähnen. Ich meine die Taylor/Rasieren-Geschichte. Ich wollte weder eine große Sache daraus machen noch an die große Glocke hängen, dass ich mich noch nicht rasierte. Aber es war zu spät, sie anzurufen. Und wenn ich sie das nächste Mal sehen würde, hatte sie bestimmt schon alles ausgeplaudert.

Als ich am nächsten Morgen in die Schule kam, standen all meine Freundinnen um meinen Spind herum. Sobald ich näher kam, platzte Emma schon heraus: »Ich kann nicht glauben, was Taylor zu dir gesagt hat!«

Ich ließ meinen Blick von ihr zu Rachel, Claire und Yumi

wandern. »Was ist los?«, fragte ich, obwohl mir das schon ziemlich klar war.

»Ich habe ihnen erzählt, wie die Schreckliche T sich lustig über dich gemacht hat, weil du dich nicht rasierst«, erklärte Rachel.

»Sie hat sich nicht wirklich lustig über mich gemacht«, erwiderte ich, während ich mich an meinem Spindschloss zu schaffen machte. »Es war eher eine Frage, aber irgendwie war das schon komisch.«

»Nein, das hat sie mit voller Absicht gemacht«, sagte Rachel. »Und genauso ist sie eben.«

»Vermutlich hat Rachel recht«, stimmte Emma zu. »Aber mach dir deswegen keine Sorgen.«

»Ja, ich rasiere mir die Beine auch nicht«, tröstete Claire mich.

»Und ich auch nicht«, bekräftigte Yumi.

»Ich habe erst im Sommer damit angefangen«, sagte Emma. »Aber das spielt keine Rolle.«

Ich war froh, dass alle auf meiner Seite waren – aber ich war irgendwie immer noch verlegen. Ich hatte in der Schule Jeans und meine Turnschuhe mit Socken an, obwohl es draußen ziemlich heiß war. Ich redete mir ein, meine Beine nicht zu verstecken. Aber im Grunde kannte mein Unterbewusstsein die Wahrheit. Hoffentlich brachten meine Freunde das nicht in Verbindung. Natürlich war es noch schlimmer, wenn Taylor etwas auffiel. Aber ich hatte keine andere Wahl.

»Schaut ihre Unterwäsche echt jeden Tag aus ihrer Sporthose raus?«, wollte Yumi wissen.

»Nicht jeden Tag.« Ich warf Rachel einen Blick zu, aber die schaute weg. »Ich habe nie gesagt, dass es jeden Tag so ist.«

»Trotzdem ist das ziemlich krass«, meinte Emma.

»*Sie* ist ziemlich krass, also passt das«, sagte Rachel wütend. »Sie hält sich bestimmt für jemand ganz Besonderen, dabei ist sie nur ein riesiger Muffin in Designerklamotten.«
»Oh Mann, das ist so heftig!«, stieß Claire hervor. Claire bezeichnet viele Dinge als heftig, seit sie das Wort in ihrer Lieblingsshow gehört hat. So wie ich das verstehe, kann es schrecklich, eklig oder scharf heißen, je nach Zusammenhang.
Erst dann bemerkte ich, dass Hannah und Taylor auf uns zukamen. Yumi sah sie ebenfalls und sagte, wir sollten den Mund halten, und das machten wir auch.
Als sie an uns vorbei waren, flüsterte Claire: »Heftig!«, und wir alle platzten vor Lachen. Wir konnten einfach nicht anders.
Ich glaube, wir waren ziemlich laut, weil beide, Hannah und Taylor, sich umdrehten. Offenbar ahnte sie, dass was im Busch war, aber Taylor konnte auf keinen Fall wissen, dass wir über sie lachten.
Trotzdem trafen sich unsere Blicke eine Sekunde lang und in ihren Augen blitzte Ärger auf. Als hätte ihr etwas gedämmert. Der bloße Gedanke ließ mich erschaudern.
Später lächelte ich Taylor auf dem Gang mal zu, als wäre immer noch alles ganz cool. Sie sah weg, als würde sie mich nicht kennen.
Als wir dann in Französisch unsere Hausaufgaben austauschen sollten, tauschte Hannah ihre mit Morgan Greely, anstatt mit mir. Ich musste meine mit Jeremy Lundy austauschen, der meine Fehler mit riesigen roten X anstrich und so meine Hausaufgaben in ein großes Chaos verwandelte, obwohl ich nur zwei Aufgaben falsch hatte.
Ich ging vollkommen nervös in den Chor, redete mir aber ein,

dass es keinen Grund dafür gab. Es konnte doch überhaupt nicht sein, dass Taylor und Hannah mich nicht mehr ausstehen konnten, nur weil sie glaubten, meine Freundinnen und ich hätten sie ausgelacht. Okay, wir haben sie ausgelacht. Aber wie hätte sie das bitte wissen sollen? Sie konnten unsere Unterhaltung nicht gehört haben, oder sonst etwas.

Aber sobald ich zu meinem Platz ging, sahen sie einander an und fingen an zu lachen. Als ich sie dann ansah, grinsten sie, aber es war so ein gemeines »Wir-wissen-was-was-du-nicht-weißt«-Grinsen.

In mir stieg ein eiskaltes, ekliges Gefühl auf.

Offensichtlich hatten Hannah und Taylor von mir gesprochen. Aber sprachen sie über meine Beine? Oder meine Freunde? Oder Schlimmeres?

Ein Teil von mir würde sterben, um das zu erfahren.

Der andere Teil hatte Panik vor der Wahrheit.

KAPITEL VIER

Einkaufen bis zum Umfallen (aus purer Demütigung)

Am frühen Samstagmorgen weckte mich meine Mutter, um zu fragen, ob ich bereit war, mit ihr ein Kleid für mich zu kaufen. Das klang nach einer Fangfrage. Ich war nicht bereit und wusste nicht, ob ich es je sein würde. Allerdings war ich mir langsam nicht mehr sicher, dass ich die Einzige war. Die Hochzeit war in fünf Wochen und gestern Abend hatte ich mitangehört, wie Mama und Dussel über die Gästeliste stritten. Am Donnerstag hatten sie sich nicht über die Einladungen einigen können, und am Mittwoch war es die Musik. In letzter Zeit stritten sie so viel, dass ich nur noch darauf wartete, dass sie die ganze Sache absagten. Dann bräuchte ich auch kein Kleid mehr.

»Lass mich noch zehn Minuten schlafen«, sagte ich und drehte mich auf die andere Seite.

»Okay.« Mama ließ mich allein, aber Pepper sprang in mein Bett und schnüffelte an meinem Hals, sodass es unmöglich war, wieder einzuschlafen.

»Pfui, Pepper! Schluss jetzt!«

Er bellte in mein Ohr. Wenn er nicht so süß wäre, wäre ich wahrscheinlich sauer geworden. Stattdessen schlug ich die Decke zurück und stand auf.

Eine Stunde später waren wir auf dem Weg ins Einkaufszentrum.

»Wen hast du denn zur Hochzeit eingeladen?«, fragte meine Mutter.
»Wie meinst du das?«
»Du darfst doch eine Freundin einladen, schon vergessen?«
»Ach, stimmt ja!« Ich gähnte und schlief noch halb. »Hm, bis jetzt noch niemand, aber wahrscheinlich frage ich Rachel.«
Mama nickte. »Willst du in einen bestimmten Laden?«, wollte sie eine Minute später wissen.
Ich zuckte mit den Schultern und wechselte den Radiosender, aber es gab nichts als Werbung. »Ist mir eigentlich egal.«
»Dann probieren wir es zuerst mal in den Kaufhäusern. Hast du dir schon Gedanken über die Farbe gemacht? Ich habe an Lila gedacht, oder vielleicht Blau.«
»Okay«, seufzte ich. Normalerweise machte mir Klamottenkaufen nichts aus, aber mit schicken Kleidern hatte ich es nicht so.
Sobald wir in den ersten Laden kamen, war ich dann aber doch richtig aufgeregt. Es gab so viele verschiedene Kleider: lange, kurze, welche mit Ballonrock und mit engen, gerade geschnittenen Röcken. Manche waren seidig glatt und andere hatten Perlen oder Spitzenbesatz oder sogar beides. Ich suchte mir selber ein paar Kleider aus, aber schließlich fand meine Mutter das perfekte Kleid für mich.
Es war wunderbar – hellblaues Oberteil mit einem silbernen Rock. Es hatte einen märchenhaft schimmernden Stoff, aber nicht so wie die Feenkostüme für kleine Kinder. Es war schöner und schicker als alles, was ich je besessen hatte.
»Wie findest du's?«, fragte ich, als ich aus der Umkleidekabine kam. Ich spürte den glatten und seidigen Stoff auf meiner Haut. Der Rock ging mir bis zu den Knien, wurde nach unten hin weiter und raschelte beim Gehen – aber auf eine gute Art.

Mama lächelte mich nur an.
»Es ist nicht zu elegant, oder?«, fragte ich und drehte mich, einfach nur, weil es eben so ein Kleid war – leicht und fluffig.
»Überhaupt nicht. Du bist die Brautjungfer.«
»Es gefällt mir.« Ich drehte mich um, um mich im Spiegel zu betrachten. Das Kleid sah fantastisch aus und fühlte sich größtenteils auch so an, aber das Oberteil war nicht so richtig bequem. Es war eng und sah irgendwie komisch aus.
Meiner Mutter musste das ebenfalls aufgefallen sein, weil sie auf meine Brust starrte. »Was?« Ich zog die Schultern hoch und verschränkte meine Arme.
»Nein, mach das nicht«, sagte Mama. »Ich muss was überprüfen.«
Ich ließ meine Arme runterhängen.
Genau in dem Moment tauchte eine Verkäuferin in einem Zebrastreifenkleid auf und fragte, ob wir Hilfe bräuchten. Sie sah mich einmal an und warf dann meiner Mutter einen Blick zu. Die beiden lächelten einander verschwörerisch an und ich hatte keine Ahnung, warum.
»Welche Größe ist das?«, fragte die Verkäuferin.
Meine Mutter schaute auf das Etikett. »Es ist Größe zwölf.«
»Ich hole mal eins in vierzehn«, sagte sie und verschwand.
»Ich hatte nie vierzehn.« Ich betrachtete mich in einem Ganzkörperspiegel.
»Na ja, du wirst eben erwachsen.« Meine Mutter hatte einen äußerst merkwürdigen Gesichtsausdruck.
Bevor ich sie nach dem Grund dafür fragen konnte, kam die Verkäuferin mit dem größeren Kleid zurück. Ich probierte es an und mir fiel kein großer Unterschied auf, aber plötzlich war mir das alles peinlich.

»Es ist ein bisschen weit an den Hüften«, bemerkte meine Mutter, kaum dass ich aus der Umkleidekabine kam.
»Aber um die Brust herum kann sie auf gar keinen Fall mehr Größe 12 tragen«, sagte die Verkäuferin. »Und das sogar ohne BH.«
Halt. Moment mal. Was hatte sie da gerade gesagt?
Das konnte nicht sein.
Nein, das war unmöglich.
»Ich glaube, Sie haben recht.« Meine Mutter nickte zustimmend.
Sie konnte doch nicht *wirklich* der gleichen Meinung sein?
Ich konnte es nicht fassen, dass eine vollkommen fremde Person für alle im Laden hörbar feststellte, dass ich einen BH brauchte. Okay, wir waren die Einzigen in der Nähe der Umkleidekabinen und sie hat es auch nicht gerade gebrüllt, aber trotzdem! Man weiß nie, wer um die Ecke rum lauert.
Ich schoss in die Umkleidekabine zurück und zog meine normalen Sachen an. Auf einmal schien das Kleid nicht mehr so perfekt. Plötzlich wirkte es wie das scheußlichste Kleid im ganzen Laden, also ließ ich es in einem unordentlichen Haufen auf dem Boden liegen.
»Wo ist es?«, fragte meine Mutter, als ich mit leeren Händen wieder herauskam. Zum Glück war die Verkäuferin verschwunden.
Ich hob eine Schulter und nahm meine überzeugendste, vollkommen lässige und Überhaupt-nicht-gekränkte-Pose ein.
»Ich will es eigentlich nicht.«
»Sei nicht albern.«
Meine Mutter marschierte in die Umkleidekabine und hängte das Kleid wieder auf den Bügel. »Es ist ein fantastisches Kleid und du siehst sehr hübsch darin aus.«

Ich wippte auf den Fußballen und brannte darauf, den Laden zu verlassen. Das Neonlicht wirkte viel zu hell und die Luft schien verbraucht zu sein. »Du hast doch selbst gesagt, es wäre in der Hüfte zu weit.«
»Wir lassen es enger machen. Der Schneider ändert mein Kleid auch schon.«
»Du hast dir schon ein Kleid ausgesucht?«, hakte ich nach.
»Natürlich«, antwortete meine Mutter.
»Trägst du auch so ein Ding um deinen Kopf herum?«, wollte ich wissen.
Mama sah mich verdutzt an.
»So ein Ding, das wie ein Moskitonetz aussieht.«
»Ach so, einen Schleier.« Sie lachte. »Nein, trage ich nicht. Ich komme gleich wieder, ja?«
Sie nahm mein Kleid und ging zur Kasse, aber ich zögerte und konnte kaum dem Drang widerstehen, mich hinter dem nächsten Kleiderständer zu verstecken.
»Wo ist das Kleid?«, fragte ich, als meine Mutter mit leeren Händen zurückkam.
»Sie legen es für uns zurück.«
»Toll. Können wir dann endlich gehen?«
»Noch nicht.«
Meine Mutter legte mir den Arm um die Schultern und schob mich durch den Laden. Bevor ich es begriff, standen wir mitten in der BH-Abteilung. Oha!
Mir war immer klar gewesen, dass dieser Tag schließlich irgendwann kommen würde. Ich hätte nur nicht so bald damit gerechnet.
Sofort kam eine Verkäuferin auf uns zu. Sie war eine ältere Frau und hatte über ihrer Bluse mit Leopardenmuster eine Brille mit rotem Rand hängen. Was war das bloß mit den Ver-

käuferinnen und Tiermustern? Hatte meine Mutter mich in ein Kaufhaus mit Safarimotto geschleppt?
»Sagen Sie mir einfach Bescheid, wenn Sie Hilfe brauchen«, verkündete die Frau laut und mechanisch, als wäre sie darauf programmiert worden, elfjährige Mädchen in Verlegenheit zu bringen. Vielleicht gehörte das zu ihrer Ausbildung.
Bevor ich mit »Nein, Danke« ablehnen konnte, verkündete meine Mutter schon, dass wir auf der Suche nach BHs waren. Dann fügte sie auch noch hinzu: »Für meine Tochter.« Dabei zeigte sie auf mich.
Danke, Mama. Vielen Dank!
Ich blickte mich in dem Laden um, aus lauter Panik, jemanden zu sehen, den ich kannte. Aber zum Glück war die Abteilung leer. Es war wie in einer Gespensterstadt, ganz so, als wüssten alle anderen etwas, von dem wir keine Ahnung hatten.
Die Frau ließ mich die Arme heben, damit sie mir ein Maßband um die Brust legen konnte. Danach fragte sie mich: »Willst du lieber einen in Pink oder in Weiß anprobieren? Oder hast du eher an Beige gedacht?«
»Hm ...« Ich sah meine Mutter an und die sagte, ich würde alle drei anprobieren.
»Ich bin gleich wieder da«, sagte die Verkäuferin und hielt das Versprechen leider auch. Denn sie kam mit einem Armvoll BHs zurück. »Die habe ich nur mal mitgebracht, um zu sehen, welcher am besten sitzt und welcher Stil dir gefällt. Sag mir, welche davon dir zusagen, und wir finden die richtige Farbe für dich. Es gibt eine riesige Auswahl und wenn du keinen einfarbigen willst, dann gibt es sie auch gemustert.«
Ich schnappte sie mir und machte einen Satz Richtung Umkleidekabine. Dass meine Mutter mir folgte, merkte ich erst, als ich versuchte, die Tür hinter mir zuzuziehen.

»Ich bleib nur kurz mit dabei, um dir zu zeigen, wie man so ein Ding anzieht«, sagte sie.
Ich blickte auf den verhedderten Haufen. Irgendwie erschien das alles ziemlich verwirrend. »Okay.« Ich reichte ihr einen.
Sie zeigte mir, wie man den BH umgekehrt um die Taille legt, die beiden Enden ineinander verhakt, ihn dann wieder rumdreht und die Träger hochzieht.
Das machte ich auch – und drehte mich um, damit ich mich im Spiegel betrachten konnte. Es sah merkwürdig aus, wie zwei leicht (und ich meine wirklich sehr leicht) aufgeblähte Dreiecke auf meiner Brust. »Brauch ich das echt?«, fragte ich.
»Du brauchst ihn wirklich«, sagte meine Mutter.
Ich seufzte. Das Weiß war so leuchtend, dass es aussah, als trüge ich komisch geschnittene Verbände. Ich drehte mich auf die Seite, um mich aus einem anderen Winkel ansehen zu können. »Vielleicht wäre Beige besser?«
»Du wirst mehr als einen brauchen«, erklärte sie.
»Warum? Wie oft hast du denn vor zu heiraten?«
»Ach, Liebling, du trägst den BH jetzt natürlich jeden Tag. Nicht nur unter dem Kleid.«
Aargh!
Sie kaufte mir schließlich drei BHs: einen weißen, einen blassrosafarbenen und einen in Lila.
Nachdem Mama bezahlt hatte, fragte sie mich, ob ich bereit wäre, das Kleid noch einmal anzuprobieren.
»Eigentlich nicht.«
»Lass es mich so formulieren«, sagte sie. »Ich möchte, dass du das Kleid noch einmal anprobierst. Es sieht jetzt bestimmt viel besser aus, aber wir sollten sichergehen. Uns läuft die Zeit weg, weißt du?«
»Bis zur Hochzeit ist es noch über einen Monat hin.«

»Und kaum haben wirs uns versehen, ist sie auch schon da.«
Noch mal Aargh!

Als wir endlich nach Hause kamen, hörte ich Stimmen aus der Küche. Zuerst war ich beunruhigt und dachte, Dussel hätte angefangen, mit sich selbst zu reden. Dann fiel mir ein, dass sein Sohn heute ankommen sollte.

Na, großartig – Minidussel war hier. Genau das brauchte ich jetzt auch noch!

Ich folgte meiner Mutter in die Küche, blieb aber vollkommen verdutzt im Türrahmen stehen. Der Typ neben Dussel? Der war alles andere als dusselig.

KAPITEL FÜNF

Die BHatastrophe

Ich nahm an, meine Mutter kannte Jason schon, denn sie ging schnurstracks auf ihn zu und umarmte ihn. Sie musste sich dafür auf die Zehenspitzen stellen, weil Jason groß war. Nicht unnatürlich groß wie sein Vater – er hatte einfach die normale, perfekte Größe.

»Willkommen zu Hause, Jay«, begrüßte sie ihn.

»Danke, Jeanie, es ist toll hier. Mir gefällt das neue Haus.«

Anders als sein Vater hatte Jason seine Haare noch und es waren sogar richtig schöne Haare – lang und dunkel, und er hatte sie zu einem Pferdeschwanz zusammengebunden. Er trug Ohrringe: einen dicken Silberring in jedem Ohr. Nicht viele Jungs können zwei Ohrringe tragen, ohne komisch damit auszusehen, aber der hier konnte das. Und er sah nicht nur nicht-komisch damit aus. Er sah richtig gut aus. Süß, um genau zu sein, und das war verrückt, wenn man bedenkt, dass ich gerade Dussels Sohn beschrieb.

»Und du musst Annabelle sein.«

Bevor ich antworten konnte, kam Jason auf mich zu und umarmte mich fest. »Meine Fast-Stiefschwester«, sagte er.

Ich hatte keine Ahnung, ob ich einfach nur dastehen oder ihn ebenfalls umarmen sollte. Also umarmte ich ihn halb und tätschelte seinen Rücken, dabei ließ ich versehentlich meine Tüte fallen. Ja, genau die Tüte – die mit den ganzen BHs.

Als Jason losließ, schauten wir auf den Boden – ich vollkommen entsetzt und er überrascht. Jason bückte sich, um sie aufzuheben, aber ich hatte mich auch gebückt und wir stießen mit den Köpfen zusammen.
»Autsch!«, rief ich und rieb mir meinen hämmernden Kopf.
»Geht's dir gut?«, fragte Jason besorgt. In den Winkeln seiner wunderschönen Augen zeigten sich kleine Fältchen, ganz so als spürte er meinen Schmerz.
»Ja. Alles in Ordnung.« Ich schnappte die Tüte und schob mich rückwärts aus dem Zimmer.
»Sieht so aus, als sei euer Einkaufsbummel erfolgreich gewesen«, bemerkte Dussel. »Was habt ihr Schönes gekauft?«
»Äh …«, war alles, was ich sagen konnte. Hm. Na, das war ja sehr intelligent.
Jason hielt mich wahrscheinlich schon für einen Volltrottel. Jetzt benahm ich mich auch noch so, als wäre ich stumm.
»Oh, wir haben ein Kleid gekauft«, erklärte Mama und zwinkerte mir zu.
Ich dankte ihr wortlos und es tat mir plötzlich leid, dass ich mich im Einkaufszentrum so aufgeführt hatte.
»Die Tüte sieht mir aber ziemlich klein aus für ein Kleid«, fiel Dussel auf, denn die Unterwäschetüte war echt winzig. So klein, dass ich sie hinter meinem Rücken verstecken konnte, und das machte ich auch, obwohl es schon zu spät war.
»Das Kleid ist beim Schneider«, sagte meine Mutter. »Aber wir haben noch ein paar, hm, hübsche Spangen für Annabelles Haare gefunden.«
Sie drehte sich zu mir und lächelte. »Warum bringst du sie nicht einfach hoch?«
Ich nickte unendlich dankbar und sauste raus.
Ich zog einen BH an – den lilafarbenen, der genau zu meinem

T-Shirt passte – und stopfte die anderen in meine Unterwäscheschublade. Ich warf einen Blick in den Spiegel über der Kommode und kontrollierte, ob alles saß. Man konnte den BH unter meinem T-Shirt nicht sehen, solange ich es nicht zu straff zog, und es lag mir fern, das zu tun.

Da ich es nicht eilig hatte, wieder runterzugehen, warf ich mich auf mein Bett. Die Haken drückten in meinen Rücken. Mama hatte gesagt, dass ich mich bald daran gewöhnen und dann gar nicht merkten würde, wenn ich ihn anhätte. Aber da hatte ich so meine Zweifel.

Das ganze Ding fühlte sich komisch an und mir graute schon davor, es am Montag in der Schule zu tragen. Was, wenn ich mich in Sport umziehen musste? Nur ein paar aus meiner Klasse trugen BHs und Taylor gehörte dazu. Was, wenn ihr meiner auffiel und sie eine blöde Bemerkung darüber machte? Wenn ich zum Beispiel die falsche Farbe ausgesucht hatte? Oder was, wenn ich die ganze Sache durcheinandergebracht hatte und Mädchen, die BHs trugen, sich *zuerst* die Beine rasieren mussten?

Natürlich gab es momentan genug andere Dinge, über die ich mir Sorgen machen musste. Dinge, die sich schon im Haus befanden. Ich konnte nicht glauben, dass ich meinem zukünftigen Stiefbruder begegnet war und alles, was ich in seiner Gegenwart gesagt hatte, nichts als fünf blöde Wörter gewesen waren. Dabei war *Autsch* noch nicht einmal ein Wort. Und wenn wir schon bei dem Thema sind, *hm* war ebenso wenig eines.

Genau in dem Moment rief meine Mutter mich zum Abendessen, also schälte ich mich aus dem Bett und ging runter.

Der einzige freie Platz am Tisch war genau der gegenüber von Jason. Ich setzte mich und gab mir Mühe, ihn nicht anzustarren, und das war schwieriger, als es sich anhört. Ich konnte nicht anders, aber mir wurde unweigerlich klar, dass er eindeutig hundertmal süßer war als der süßeste Junge in der ganzen Schule. Er sah seinem Vater überhaupt nicht ähnlich und er hörte sich auch vollkommen anders an. Jason hatte diese coole, lässig gedehnte Art zu sprechen und sagte oft »Mann«. Wie in: »Oh Mann, war das ein langer Flug!« Und: »Mann, in Luzern Ski zu fahren ist einfach unglaublich!«

Da Jason Vegetarier ist, hatten er und Dussel einen vegetarischen Eintopf zum Abendessen gekocht. Dazu gab es etwas, das Couscous hieß. Die Körner waren kleiner als Reiskörner, aber größer als Sand und schmeckten besser als beides.

»Meine Freundin Claire ist Vegetarierin«, sagte ich.

»Isst sie wegen der Tiere kein Fleisch oder aus gesundheitlichen Gründen?«, wollte Jason wissen.

»Äh, keine Ahnung«, antwortete ich, zuckte mit den Schultern und kam mir plötzlich doof vor. »Aber ich glaube, der Tiere wegen. Ich habe sie nie wirklich gefragt.«

»Ich habe mit dem Fleischessen erst in der Oberstufe aufgehört«, erklärte Jason. »Es ist cool, dass jemand in deinem Alter schon so eine Entscheidung trifft.«

Wieder zuckte ich die Schultern. »Claire ist cool. Die meisten meiner Freundinnen sind es.«

Mein Gott! Warum redete ich so einen Blödsinn? Natürlich fand ich meine Freundinnen cool. Sonst wären sie ja nicht meine Freundinnen.

»Nun, Jason, du bist ja eine ganze Weile hier. Hast du was Besonderes während der Ferien vor?«, fragte meine Mutter.

»Eigentlich nicht. Ich will nur ein bisschen chillen. Ein paar alte Freunde treffen und so. Die Schweiz ist echt toll, aber da ist es so ruhig. Das wird nach einiger Zeit irgendwie langweilig. Außerdem liegt da schon Schnee, also ist es echt schön, im sonnigen Kali zu sein.«

»Kali?«, fragte ich.

»Kalifornien«, sagte er grinsend und löffelte mehr Couscous auf seinen Teller.

Ich hatte nie gehört, dass irgendjemand Kalifornien Kali nannte, und es gefiel mir. Sehr. Ich nahm mir ebenfalls mehr Couscous und hoffte, dass es nicht den Eindruck machte, ich würde ihn nachäffen.

»Also, Annabelle, was hältst du von Birchwood?«

»Hm, ist soweit ganz okay.« Ich zuckte mit den Achseln. »Du weißt ja, es ist halt Schule.«

Es ist halt Schule? Das ist ja eine geniale Art, diesen Typ mit meinem hinreißenden Konversationstalent zu beeindrucken.

»Ich war auch dort, aber das ist ewig her«, fuhr Jason fort.

»Ich weiß. Duss-, äh Ted, ich meine dein Vater, hat es mir erzählt.«

»Ich frage mich, ob du vielleicht ein paar von meinen alten Lehrern hast. Gibt es Miss Guzman noch? Hast du Spanisch oder Französisch gewählt?«

Bevor ich noch antworten konnte, blieb mir ein Stück Karotte im Hals stecken und ich musste husten. Mama klopfte mir auf den Rücken, aber das half auch nicht richtig.

Ich griff nach meinem Eistee, warf das Glas dabei um und alles lief über den Tisch. Mama reichte mir ihr Wasser und ich stürzte es runter. Derweil warf Jason seine Serviette auf den überschwemmten Tisch, bevor alles auf den Boden lief.

Als ich endlich wieder Luft bekam, merkte ich, dass alle mich ansahen.

»Alles in Ordnung?«, fragte Dussel.

»Ja«, antwortete ich. »Ich bin okay.« Nur vollkommen verle-

gen vor lauter Peinlichkeiten. Wahrscheinlich war mein Gesicht auch noch so rot wie eine Tomate.
Was stimmte nur nicht mit mir?
Ich trank noch einen Schluck Wasser und spürte dann etwas Komisches an meinem Arm. Etwas, das da nicht hingehörte. Ich warf einen Blick auf meine Schulter und sah, dass ein wildgewordener Träger aus meinem Ärmel hing. Huch? Zuerst war ich verwirrt – dann bekam ich Panik. Totale Panik. Warum? Na, wegen meines BH-Trägers. Jawohl – mein BH-Träger war mir von der Schulter gerutscht. Und er rutschte immer noch – direkt aus dem Ärmel meines T-Shirts raus.
Ich schob ihn mit der anderen Hand zurück, aber er fühlte sich immer noch lose an. Deshalb zog ich meine Schulter hoch und hoffte auf die Schwerkraft.
Dann merkte ich, dass auch die andere Seite anfing zu rutschen. Vielleicht bildete ich mir das auch nur ein. Um sicherzugehen, hob ich auch die andere Schulter.
Jetzt hingen meine Schultern knapp unter meinen Ohrläppchen.
Hallo Jason, ich bin Annabelle Stevens, das stumme, trottelige, halslose Wunder.
»Hast du ein Problem, Annabelle?«, fragte meine Mutter. Alle sahen mich an.
Versuchte sie etwa mich zu demütigen?
»Nö. Keins«, sagte ich und durchbohrte sie mit einem bösen Blick. »Es ist alles in Ordnung, aber darf ich mich zurückziehen? Ich habe Unmengen von Hausaufgaben auf.«
»Die geben in Birchwood immer noch Hausaufgaben auf? Mann, das ist ja eine Schande.« Jason lehnte sich auf dem Stuhl zurück und zwinkerte mir zu.
Wenn Dussel zwinkerte, war das vollkommen dusselig. Aber

wenn Jason es tat, wirkte das irgendwie cool und nicht so, als ob er etwas im Auge hätte.
Ich musste ihn einfach anlächeln. Ich hätte beinah zurückgezwinkert, aber hatte mich noch rechtzeitig unter Kontrolle. Denn das wäre doch zu idiotisch rübergekommen. Glaub ich.
Stattdessen stellte ich meinen Teller in die Spüle und verschwand – schnell.

KAPITEL SECHS

Die Schreckliche T schlägt wieder zu

Am Montag brauchte ich ewig, bis ich mich angezogen hatte. Denn ich musste sechs verschiedene T-Shirts anprobieren, bis ich eins gefunden hatte, das dick genug war, um meinen BH zu verbergen. Ich zappelte ein paar Minuten vor dem Spiegel, nur um sicherzugehen, dass alles dablieb, wo es hingehörte. Außerdem trug ich meine grellgelben Converse All Stars, die Schnürsenkel in Regenbogenfarben hatten. Meine Füße wirkten vielleicht ein bisschen extrem, aber sie lenkten wenigstens von anderen Körperteilen ab.

Leider wurde daraus noch vor der ersten Stunde ein Eigentor.

Sobald ich in der Schule ankam, sah ich Taylor zwischen zwei Plagen auf einer Bank sitzen: Nikki und Jesse.

Als ich versuchte vorbeizugehen, glotzte Taylor – auf übertriebene Comicfiguren-Art – zweimal auf meine Schuhe und fragte: »Was soll das denn sein?«

Dann drehte sie sich zu Nikki um. »Hat jemand vergessen mir etwas vom Zirkustag zu sagen?«

Die drei kicherten.

»Wovon redest du?«, fragte ich.

Taylor warf ihr Haar über die Schulter und grinste. »Ich versuche nur herauszufinden, warum du Clownsschuhe anhast«, erwiderte sie.

Nikki lachte so heftig, dass eines der Gummis an ihrer Zahnspange riss, worüber Jesse noch viel mehr lachen musste. Taylor starrte mich an, als wartete sie auf eine Antwort.
Einen Moment lang stand ich wie versteinert da, mein Kopf war leer und meine Beine wie angewurzelt.
Wäre Taylor ein Junge, würde ich eine von Peppers Lektionen anwenden, und mir fiel tatsächlich eine ein:

> Manchmal legen es Hunde mit ihrem Verhalten darauf an, Aufmerksamkeit zu bekommen. Ignoriere sie, bis sie sich beruhigt haben.

Da mir diese Strategie nicht ganz blöd vorkam, ging ich einfach weg.
Bevor ich außer Hörweite war, fragte Jesse: »Mein Gott, habt ihr ihr Gesicht gesehen?« Dann zogen die drei hysterisch lachend ab.
Ich fragte mich, ob Taylor recht hatte und es wirklich aussah, als hätte ich Clownsschuhe an. Ich dachte kurz darüber nach, an meinen Spind zu gehen und die Regenbogenschnürsenkel gegen die einfachen aus meinen Sportschuhen auszutauschen. Aber das wäre zu offensichtlich. Ich wollte nicht, dass Taylor meinte, es würde mir etwas ausmachen, was sie über mich dachte – obwohl es mir offensichtlich doch etwas ausmachte, weil es mich den ganzen Morgen beschäftigte.
Als Claire mir beim Mittagessen sagte, dass ihr meine Schnürsenkel gefielen, zuckte ich zusammen und wartete auf den Keulenschlag. Ich brauchte ein paar Sekunden, bis ich kapierte, dass Claire eine gute Freundin war und es nicht darauf anlegte, mich niederzumachen. »Wirklich?«, fragte ich noch einmal nach, nur um sicherzugehen.

»Die sind echt scharf. Die Grundfarben sind in dieser Saison total in.«

Ich vertraute vollkommen auf Claires Urteil, da sie viel Wert auf Mode legte und immer süße Klamotten trug. Heute hatte sie ausgewaschene Jeans an, auf deren Taschen sie violette und blaue Blumen gestickt hatte.

»Taylor hat gesagt, es sieht aus, als hätte ich Clownsschuhe an.«

Rachel setzte sich gerade hin und hatte es mitangehört. »Das hat sie nicht!«, sagte sie.

»Doch«, antwortete ich ernst.

»Als ob ihre Schuhe so toll wären«, sagte Yumi, während sie ihr Mittagessen auspackte.

»Vergiss ihre Schuhe, was ist mit ihren Jeans?«, fragte Rachel. »Sie hat genau die letzte Woche schon dreimal angehabt.«

»Das ist vielleicht unkreativ.« Claire kaute auf einer Karottenstange und drehte sich zu Taylors Tisch um. »Es macht mich traurig.«

»Vielleicht hat sie die ja gewaschen.« Mir war es wichtig, darauf hinzuweisen, weil ich meine Lieblingsjeans normalerweise zweimal in einer Woche trage.

»Hey, warum verteidigst du sie immer, obwohl sie so gemein zu dir ist?«, fragte Rachel.

»Das tue ich doch gar nicht«, erwiderte ich schnell.

Claire musste meine Besorgnis aufgefallen sein, denn sie erklärte, dass es völlig in Ordnung sei, Jeans zweimal pro Woche anzuziehen. Besonders dann, wenn man sie zum Beispiel montags und dann gegen Ende der Woche – wie etwa am Donnerstag oder Freitag – noch einmal trägt. Aber die gleichen Jeans dreimal innerhalb einer Woche anzuziehen war absolut zu viel, ganz besonders dann, wenn man an zwei Tagen davon auch noch das gleiche Top dazu anhatte. Und genau das machte Taylor ziemlich oft.

Taylor und ihre Bande, also die Schreckliche T und die drei Plagen, saßen nur zwei Tische von uns entfernt. Wenn sie zum Mülleimer mussten, kamen sie an unserem Tisch vorbei.

Als Taylor das nächste Mal bei uns vorbeilief, sagte Rachel im süßesten Tonfall: »Ich liebe diese Jeans.«

Taylor schien argwöhnisch, murmelte aber einen wenig begeisterten Dank, worauf Rachel hinzufügte: »Das habe ich zumindest gedacht, als du sie die ganze letzte Woche getragen hast.«

»Ach ja?«, sagte Taylor, und das war ja wohl die schwächste Antwort überhaupt.

Fünf Minuten lang waren wir richtig gut drauf.

Dann ging Nikki auf Rachel zu, reichte ihr eine Serviette und sagte: »Du hast da was im Gesicht.«

»Was?«, fragte Rachel verwirrt.

Nikki musterte sie argwöhnisch. »Sieht aus wie Spaghettisauce«, erklärte sie, zog plötzlich heftig die Luft ein und tat so, als wäre es ihr sehr peinlich. »Oh, mein Gott. Es tut mir ja so leid. Es ist deine Haut!«

Bevor Rachel reagieren konnte, sauste sie zu dem Tisch zurück, an dem ihre Clique saß und uns lauthals auslachte.

Das war nicht nur ziemlich gemein, sondern auch unfair, denn Rachels Haut war diese Woche schon viel besser geworden. Ich wollte ihr das auch sagen, aber Rachel war ganz still und ernst geworden und starrte auf ihr Truthahnsandwich, so als wollte sie in Ruhe gelassen werden.

Noch bevor wir die Chance hatten, uns zu rächen, war die Mittagspause um.

Wenigstens ließ Taylor mich im Sportunterricht in Ruhe. Sie war viel zu sehr damit beschäftigt, ihre Nägel zu lackieren. Jawohl, nur Taylor kam auf die Idee, während des Unterrichts ihre Nägel zu machen. Und sie zuckte nicht mal mit der Wimper, als unsere Lehrerin, Miss Chang, ihr den Nagellack wegnahm.

»Egal«, sagte sie nur und zuckte die Achseln. »Ich kann diesen Farbton eh nicht mehr sehen.«

Wäre sie nicht so schrecklich, hätte mich das vielleicht beeindruckt.

Zum Abendessen trug ich ein Sweatshirt, falls also ein BH-Träger rutschte, sah es wenigstens niemand. Aber ich glaubte sowieso nicht, dass es irgendjemandem auffiel. Meine Mutter und Dussel waren viel zu sehr damit beschäftigt, über die Hochzeit zu diskutieren. Das Thema heute Abend: Das Essen.

»Jeder mag es, wenn Horsd'oeuvres gereicht werden«, sagte Dussel.

»Aber ein Tisch mit Käse und Kräckern ist viel sinnvoller«, meinte Mama.

Jason grinste mir zu und verdrehte die Augen.

Ich lächelte ihn an und wunderte mich, dass ein ganz warmes Gefühl in mir aufstieg.

»Vielleicht sollten wir erst einmal den passenden Cateringservice suchen«, gab Dussel zu bedenken. »Was ist mit Sammy's Second Helpings?«

»Ihr Schild ist völlig falsch geschrieben.« Meine Mutter verschränkte die Arme vor der Brust und lehnte sich zurück. »Bei *Sammy's* fehlt ein Apostroph.«

»Du lehnst sie wegen schlechter Grammatik ab?«, fragte Dus-

sel. »Kannst du nicht mal fünf Minuten deinen Lehrerjob vergessen?«
»Oh, ich weiß nicht«, mischte Jason sich ein. »Ich glaube, sie hat nicht ganz unrecht. Es hat was damit zu tun, ob man auf Details achtet.«
»Okay, und was ist mit Famous Dave's?«, fragte Dussel.
»Wenn er doch so berühmt ist, wieso habe ich dann noch nichts von ihm gehört?«, wollte meine Mutter wissen.
»Jetzt machst du die Sache aber extra schwierig«, erwiderte Dussel.
»Warum bestellt ihr nicht einfach einen Haufen Pizzas und beendet die Debatte?«, warf Jason ein.
Ich musste lachen – während ich gerade einen Schluck Wasser trank – und prustete über den ganzen Tisch.
Alle sahen mich an.
»Entschuldigung«, sagte ich und wischte mir den Mund ab. »Ich zieh mich dann mal zurück, okay?« Ich stand auf, räumte meinen Teller weg und verschwand so schnell ich konnte – dabei fragte ich mich die ganze Zeit, ob ich mich noch mehr zum Trottel hätte machen können.
Als ich wieder in meinem Zimmer war, beschloss ich, noch einmal einen Blick in Peppers Erziehungshandbuch zu werfen. Auch wenn ich heute Morgen bei der Schrecklichen Taylor keinen Erfolg gehabt hatte, hoffte ich darauf, etwas zu entdecken, was ich bisher vielleicht übersehen hatte. Außerdem wäre es cool, einen Trick zu finden, damit meine Mutter und Dussel nicht so viel stritten. Ich blätterte das ganze Buch durch, konnte aber leider nichts Passendes finden.
Ich stieß aber auf ein Kapitel, das ich noch nicht gelesen hatte.

ROLL DICH! WARUM? WEIL ICH ES SAGE!

Okay, eine Rolle gehört nicht gerade zu den wichtigsten Kommandos, wie zum Beispiel Sitz oder Bleib. Trotzdem lohnt es sich, dieses Kommando zu üben. Denk doch mal daran, wie prima man damit angeben kann: Natürlich kann mein Hund eine Rolle machen. Kein Problem! Klingt das nicht wahnsinnig eindrucksvoll? Sehr! Alles Klar? Also, hier steht, wie man's macht.

Dieser Trick war viel komplizierter als die anderen. Kein Wunder, dass ich ihn weggelassen hatte, als ich mit Peppers Training anfing. Er umfasste sechs einzelne Schritte.
Zuerst musste ich Pepper beibringen, sich hinzulegen. Das konnte er schon, also hatte ich einen Vorsprung. Als Nächstes musste ich ihn dazu bringen, zu bleiben. Dann musste ich ein Leckerli nehmen und es über seinem Kopf hin- und herschwenken. Theoretisch sollte Pepper dem Leckerli mit den Augen folgen, dann seinen Kopf entsprechend bewegen und sich schließlich rollen, um besser dranzukommen.
Ich versuchte es ein paarmal, aber es klappte nicht so gut. Kaum hatte Pepper das Leckerli entdeckt, setzte er sich hin und gab Pfötchen. Das überraschte mich nicht wirklich, denn Sitzen und Pfötchengeben machten wir immerzu.
»Nein, Pepper«, sagte ich, versteckte das Leckerli und fing noch einmal von vorne an. Endlich brachte ich ihn dazu, sich hinzulegen, aber sobald ich das Leckerli hervorholte, setzte er sich hin und gab Pfötchen. Je länger ich mich weigerte ihn zu belohnen, desto verkrampfter wurde er. Bald legte er sich nicht mal mehr hin. Stattdessen sprang er hoch und versuchte vollkommen verrückt nach dem Leckerli zu schnappen, so als hätte er seit einer Woche nichts zu fressen bekommen.

Als er anfing zu bellen, verlor ich die Geduld und ließ ihn fressen.

Na schön. In dem Buch stand ja schon, dass das Rollen nicht unbedingt praktisch war, und Pepper konnte genug Tricks.

Ich legte das Buch weg und setzte mich an meine Hausaufgaben. In allen Fächern hatte ich noch was auf, es dauerte ewig. Als ich endlich fertig war, war ich vollkommen erledigt, also zog ich meinen Schlafanzug an und ging ins Bad.

Zumindest versuchte ich es. Als ich die Tür öffnete, stand ich Jason gegenüber. Einem fast nackten Jason.

Er putzte sich die Zähne und hatte ein Handtuch um die Taille geschlungen. Genau, ein Handtuch, und nichts weiter als ein Handtuch.

Aargh! »Oh Gott, es tut mir so leid!«, brüllte ich, hielt mir dabei die Augen zu und schob mich rückwärts zur Tür.

»Schon okay«, sagte Jason. Zumindest glaube ich, dass er das sagte. Es war schwer zu verstehen, weil er die Zahnbürste im Mund hatte.

Ich schmiss die Tür zu und rief noch einmal »'tschuldigung!«

Er sagte nichts, aber ich hörte, wie er ausspuckte und den Wasserhahn aufdrehte. Ich wusste nicht, ob ich stehen bleiben und warten sollte oder besser zurück in mein Zimmer ging.

Warum hatte ich nicht geklopft? Es war ja nicht so, dass ich Jason vergessen hätte. Ich hatte ihm gerade während des ganzen Essens gegenübergesessen, außerdem war er nicht gerade einer der Jungs, die man schnell vergaß.

Was hatte ich also gedacht? Und wieso stand ich jetzt einfach im Flur herum?

Ich wollte gerade in mein Zimmer zurück, als die Badezimmertür aufging. Jason war auf dem Weg heraus – und er hatte immer noch nicht mehr als ein Handtuch an. Sein Haar war feucht und hing über seine Schultern herab und lockte sich an den Enden ganz entzückend.

»Entschuldigung«, versuchte ich es noch einmal und es war mir unglaublich peinlich, wie ein Idiot im Flur rumzulungern. »Ich wollte gerade gehen, ich meine, ich hatte keine Ahnung wie lange du noch brauchst, aber ich habe nicht gelauscht oder so.«

Ich habe nicht gelauscht? Hab ich das echt gesagt? Ich fürchte, ja.

Jason hielt mir die Tür auf. »Das Bad gehört dir.«

»Entschuldigung!«, sagte ich noch einmal.

»Keine Sorge«, erwiderte er und lief den Flur entlang.

Na, der hatte gut reden!

KAPITEL SIEBEN

Mikroorganismus – Makrofehler

»Wisst ihr was?«, fragte Yumi beim Mittagessen am nächsten Tag.

»In eurem Garten sind Außerirdische gelandet«, riet Rachel.

»Und sie haben dir die Fähigkeit geschenkt, fliegen zu können«, ergänzte Claire.

»Aber du hast die Fähigkeit dazu benutzt, deinen süßen Nachbarn auszuspionieren«, sagte Emma. »Also haben sie alles wieder rückgängig gemacht.«

»Und dann hatten sie die Nase so voll von den Erdlingen, dass sie zum Mars zurückgeflogen sind«, schloss Claire. »Das ist sehr traurig, denn sie wollten Frieden auf die Erde bringen.«

»Oh Mann, das ist nicht komisch!« Yumi stampfte mit dem Fuß auf und versuchte ein Kichern zu unterdrücken, was ihr jedoch überhaupt nicht gelang.

»Du hast doch gesagt, wir sollten raten«, verteidigte sich Rachel.

»Also gut, hört auf weiterzuraten. Ich erzähle es euch einfach: Ich habe eine Katze bekommen!«

»Ich habe eine Katzenallergie«, sagte Rachel sofort.

»Ich dachte, du hättest eine Allergie gegen Hunde«, sagte Yumi.

»Ich bin auf beides allergisch.«

»Ist es eine Sphinx?«, fragte Claire. »Sphinxkatzen sind haarlos, dann wäre es okay.«
»Aber nicht völlig okay, denn dann hättest du eine Katze, die echt komisch aussieht«, meinte Rachel.
»Das mit den Allergien ist ein Missverständnis, tatsächlich ist es so, dass die meisten Leute mit Katzenallergie allergisch auf die Proteine in der Spucke und in den Schuppen sind«, erklärte Emma. »Und es gibt keine Katze ohne Hautschuppen.«
»Meine Katze hat Fell«, informierte uns Yumi. »Ein richtig süßes Fell noch dazu. Sie ist grau und hat schwarze Streifen und das allerniedlichste kleine Miauen. Ich kann es nicht erwarten, dass ihr Mädels sie seht – mein erstes echtes Haustier! Ich freu mich so!«
»Was ist mit deinen Fischen?«, fragte Emma.
»Die gehören meiner Mutter und die sehen auch echt cool aus, aber nichts geht über ein Haustier, das man streicheln kann. Annabelle, du weißt, wovon ich rede. Stimmt's?«
Yumi wedelte mit ihrer Hand vor meinem Gesicht herum. »Erde an Annabelle.«
»Hä?« Ich zwinkerte und schaute um mich. Alle meine Freundinnen starrten mich an. »Was?«, fragte ich.
»Das musst du uns sagen. Von was träumst du denn gerade?«, wollte Rachel wissen.
»Träumen?« Ich starrte sie vollkommen verwirrt an.
Sie lächelte. »Du bist ja wie benebelt. Du hast sogar das Wort *träumen* total verträumt wiederholt. Also, was ist los?«
»Oh, ich konnte heut Nacht einfach nicht schlafen.« Kaum hatte ich das gesagt, fiel mir auf, dass ich schon seit ein paar Nächten Probleme mit dem Schlafen hatte. Im Grunde seit Jason zu uns gekommen ist. Allein zu wissen, dass er am anderen Ende des Flurs war, machte es unmöglich, zu entspannen.

Ich nahm an, dass meine Erklärung ausgereicht hatte, denn meine Freunde redeten schon wieder über Yumis Katze.
»Wie heißt sie denn?«, fragte Emma.
»Hiroki Kuroda. Ich habe sie nach dem Pitcher der Dodgers genannt.«
Rachel runzelte die Stirn. »Ich finde immer noch, dass es cooler gewesen wäre, wenn die Außerirdischen deinen Garten als Landeplatz genutzt hätten.«
»Vielleicht ist Hiroki ja eine außerirdische Katze«, meinte Emma.
»Ihre Herkunft ist tatsächlich mysteriös«, erklärte Yumi. »Sie ist letzte Woche einfach auf Papas Büroparkplatz aufgetaucht und hat sich nicht verscheuchen lassen. Der Chef meines Vaters wollte schon im Tierheim anrufen, aber mein Vater wollte das auf keinen Fall zulassen.«
»Er hat sie gerettet? Wie süß«, sagte Claire.
»Ich weiß nicht so recht. Das klingt wie der Anfang eines Horrorfilms«, meinte Emma. »*Angriff der Killerkatze.*«
Wir kicherten.
Meine Freundinnen brachten mich zum Lachen. Ich wünschte, Jason könnte mich jetzt sehen, hier, wenn ich Spaß hatte und mit meinen Freundinnen herumalberte und so richtig in meinem Element war. Er kannte mich nur als stilles, ungeschicktes Kind, das Wasser spuckte wie ein kaputter Springbrunnen und das nicht wusste, wie man klopfte.
Ein bisschen später hörte ich, wie jemand sagte: »Hey, Annabelle!«
Ich sah auf und merkte, dass alle anderen aufgestanden waren und ihr Zeug weggepackt hatten. Sie waren zum Gehen bereit.
»Hast du den Gong nicht gehört?«, fragte Rachel.

»Gong?«
Alle sahen einander an und wussten nicht, ob sie lachen oder sich Sorgen machen sollten. »Na ja, die Mittagspause ist rum«, sagte Yumi schließlich.
»Okay!« Ich stand schnell auf. »Klar. Weiß ich doch.«
Ich stopfte meinen Kram zusammen und sauste zu Bio. Auf dem Weg dorthin musste ich mich an Tobias und Oliver vorbeiquetschen, die im Gang kämpften. Oliver schubste mich versehentlich gegen einen Tisch. Es tat nicht weh und er entschuldigte sich, aber trotzdem war es ärgerlich.
Komisch, dass Jason auch mal ein Birchwood-Junge war. Irgendwie schwer vorstellbar. Wahrscheinlich war er nie so unreif gewesen.
Ich hoffte nur, dass ich mich bald daran gewöhnt hatte, ihn um mich zu haben, damit ich mich wieder entspannte und wieder ich selbst wurde. Vielleicht konnten wir sogar mal was zusammen machen. Gestern nach dem Abendessen (vor dem Badezimmervorfall) hatte er mit seinem Vater in der Einfahrt Basketball gespielt. Dussel hatte mich gefragt, ob ich auch ein paar Würfe machen wollte, aber ich hatte abgelehnt und ihnen von meinem Fenster aus zugesehen.
Jason spielte echt beeindruckend, er beherrschte sogar den Slam Dunk.
»Miss Stevens?«
Ich hörte, dass jemand meinen Namen rief, und sah mich um. Tobias saß links und Oliver rechts von mir.
Ach ja. Der Unterricht hatte begonnen und ich sollte aufpassen.
»Ja?«, fragte ich.
»Hast du die Hausaufgaben von gestern gemacht?«, fragte Mrs Roberts.

Oh je. Hausaufgaben? Na, klar. Natürlich habe ich sie gemacht, weil ich immer meine Hausaufgaben mache. Die Sache war nur, na ja, es wäre echt hilfreich, wenn ich mich daran erinnern könnte, was die Hausaufgaben waren und wo ich sie hatte.

Ich nickte. »Ja, habe ich.«

»Dann beantworte bitte die Frage«, sagte Mrs Roberts.

Frage? Sie hatte mir eine Frage gestellt?

»Wenn du bereit bist. Ich warte solange.« Mrs Roberts saß an der Kante ihres Pults und hatte die Arme vor der Brust verschränkt.

Ein paar in der Klasse kicherten und dieses Mal konnte ich es ihnen nicht übel nehmen.

Verzweifelt blickte ich um mich. Ja, wir hatten Bio, aber das war alles, woran ich mich erinnerte. Ich hatte mein Heft noch nicht mal aufgeschlagen.

Tobias grinste, aber Oliver war so nett, mir zu sagen, worum es ging. »Du sollst den Begriff *Mikroorganismus* definieren«, flüsterte er.

Oh, klar. Jetzt fiel es mir ein. Ich hatte gestern Abend noch alle zehn neuen Begriffe nachgeschlagen. Kurz bevor ich Jason in die Arme gelaufen war. Ich wühlte in meinem Rucksack nach der Liste und merkte, dass ich meinen ganzen Bioordner im Spind vergessen hatte. Wie blöd! Ich sah auf, der Panik nah.

Oliver schob mir sein Heft rüber und deutete auf die Mitte der Seite, wo er den Begriff definiert hatte.

Ich musste blinzeln, um die krickelige Handschrift entziffern zu können, aber ich wollte mich nicht beschweren. Ich atmete einmal tief durch. »Ein Mikroorganismus ist ein lebender Organismus, den man nur durch ein Mikroskop sehen kann«,

las ich. »Weil er zu klein ist, um ihn mit nacktem Junge sehen zu können.«
Plötzlich platzte die ganze Klasse vor Lachen. Bis auf Mrs Roberts, die mich mit wütenden Blicken durchbohrte.
»Was?«, fragte ich Oliver und Tobias. Ihre Gesichter waren rot und ihre Augen zusammengekniffen. Tobias lachte so doll, dass es seinen ganzen Körper schüttelte. Zumindest Oliver hatte Anstand und versuchte sich zu beherrschen. Obwohl ich merkte, dass ihm Lachtränen in die Augen traten.
Was ging hier vor? Ich sah mir die Definition noch einmal an. Ich wusste nicht – Moment mal! Nein, das konnte nicht sein. Das hatte ich nicht gesagt. Oder? Doch, genau das hatte ich.
»Nacktes Auge. Ich meine mit nacktem Auge!«, rief ich.
Aber das verursachte nur eine noch viel stärkere Lachsalve.
»Entschuldigung!«, sagte ich zu Mrs Roberts.
Sie schüttelte nur den Kopf und sagte: »Das reicht jetzt! Beruhigt euch wieder.«
»Toll gemacht, Spasti«, sagte Tobias.
»Olivers Handschrift kann keiner lesen«, verteidigte ich mich.
»Oder du hast vielleicht ganz andere Dinge im Kopf.« Tobias zog die Augenbrauen hoch.
»Sei nicht so blöd«, sagte ich.
»Du hast doch ›mit nacktem Junge‹, gesagt«, erinnerte mich Tobias.
Als ob ich das je wieder vergessen könnte!

Jason holte mich an dem Tag mit dem coolsten Auto von der Schule ab, das ich je gesehen hatte: einem blauen MINI Cooper mit weißen Rennstreifen. Es war ein Cabrio und das Verdeck war offen. Er sah so süß aus wie immer mit seinen Ohrringen, dunkler Sonnenbrille und einem blauen Tuch, das seine Haare zurückhielt.

Als Jason mich entdeckte, hupte und winkte er. »Wer ist das denn?«, wollte Rachel wissen, die gerade neben mir stand.

»Oh, das ist Jason«, erklärte ich. »Dussels Sohn.«

»*Das* ist Mini-Dussel?« Rachel schob ihre Sonnenbrille in ihr Haar, damit sie ihn besser sehen konnte. »Er ist voll süß.«

»Meinst du?«, fragte ich, obwohl ich genau wusste, dass es stimmte.

»*Viel* zu süß, um ihn Mini-Dussel zu nennen.«

»Hm, ja, vielleicht.«

Ich verabschiedete mich von Rachel und sauste zum Auto. »Hey.« Ich glitt auf den Beifahrersitz und knallte die Tür zu, in der Hoffnung, dass Jason nicht auffiel, wie rot ich wurde.

»Hey, Anna Banana.« Gestern hatte er angefangen, mich so zu nennen. Meine Mutter hatte mich früher so genannt, aber vor drei Jahren hatte ich sie gebeten, damit aufzuhören, weil es so doof klang. Außerdem mochte ich keine Bananen, die waren so weich und rochen komisch. Aber wenn Jason mich so nannte, gefiel es mir. »Wie war die Schule?«

Ich zuckte mit den Achseln. »Ganz okay.« Ich hatte meinen Rucksack auf dem Schoß und schlug ein Bein über das andere. Aber das sah ein bisschen merkwürdig aus, deshalb stellte ich meine Beine wieder nebeneinander. Dann schlug ich sie doch wieder übereinander, aber auf Knöchelhöhe. Meinen Rucksack hatte ich immer noch auf dem Schoß und ich überlegte, ob ich ihn auf die Rückbank werfen sollte, aber ich war schon soviel hin- und hergerutscht. Ich wollte nicht zu unruhig wirken.

»Ich wusste gar nicht, dass du ein Auto hast«, sagte ich und fuhr mit der Hand über das glatte Leder – hörte dann aber auf, damit er nicht sah, wie ich den Beifahrersitz befingerte.

»Hab ich auch nicht«, sagte Jason. »Es gehört meiner Mutter, aber ich kann es haben, solange ich hier bin. Sie hat noch ein anderes Auto, also braucht sie es eigentlich nicht.«

»Ach so.« Ich wusste nicht viel über Jasons Mutter. Nur dass Dussel von ihr geschieden wurde, als Jason zehn war. Außerdem noch, dass sie Immobilienmaklerin war und mittlerweile mit einem anderen Immobilienmakler verheiratet.

Jason drehte das Radio auf und ich war froh, dass wir uns nicht unterhalten mussten. Obwohl ich mich eigentlich unbedingt mit ihm unterhalten wollte, fiel mir überhaupt nichts ein, was ich hätte sagen können. Die Fahrt schien extrem lang zu sein, aber gleichzeitig viel zu kurz.

Kaum waren wir im Haus, sauste Pepper auf uns zu. Aber anstatt an mir hochzuspringen, lief er auf Jason zu, der sich runterbeugte und ihn hinter den Ohren kraulte.

»Das ist seine Lieblingsstelle«, sagte ich.

»Ich glaube, da haben es alle Hunde am liebsten«, stellte Jason fest.

Na, großartig. Toll, dass ich mal wieder das Offensichtlichste bemerkt hatte.

»Hey, weißt du, was wir heute gemacht haben?«

»Wer?«

»Ich und Pepper.«

Er wartete darauf, dass ich anfing zu raten, aber ich hasste so was. »Sag es einfach«, bat ich.

»Oh, da hab ich eine bessere Idee. Ich zeig es dir.« Jason schaute auf Pepper und sagte: »Pepper, Sitz!«

Und Pepper machte Sitz, gehorsam wie er es immer machte.

»Das konnte er aber schon«, sagte ich.

»Mann, entspann dich doch mal 'ne halbe Sekunde. Ich bin ja noch nicht fertig.«
Als Jason lachte, tauchten kleine Fältchen in seinen Augenwinkeln auf. Ich blickte schnell zu Pepper, um nicht zu starren.
Als Nächstes brachte Jason Pepper dazu, sich hinzulegen. Dann sagte er: »Roll dich, roll rüber!«
»Er kennt das Kommando noch ni…« Ich stockte mitten im Satz und schaute verdutzt und ziemlich beeindruckt dabei zu, wie Pepper sich rollte.
Kaum lag er wieder richtig, starrte er Jason an und schien sehr zufrieden mit sich zu sein.
Jason zog ein Leckerli aus der Tasche und gab es ihm.
»Ich kann nicht fassen, dass du es geschafft hast, ihm die Rolle beizubringen. Das ist das schwierigste Kunststück, das es gibt.«
»Ich habe viel Freizeit«, sagte Jason und lächelte verlegen. »Das ist keine große Sache.«
Aber das war es doch.
»Zeig es mir noch einmal«, bat ich, weil ich mich fragte, ob Jason vielleicht nur Anfängerglück hatte.
Diesmal musste Jason Pepper noch nicht mal erst sitzen lassen. Kaum hatte er das Kommando gegeben, rollte Pepper rum.
»Guter Junge«, lobte Jason und gab ihm noch ein Leckerli. »Willst du es mal versuchen?«
Er reichte mir ein Leckerli.
»Hm …« Ich suchte nach einer Ausrede. Ich wollte es so gerne versuchen. Ich wollte es wirklich sehr, sehr gerne, aber ich dachte, je mehr Zeit ich mit Jason verbrachte, desto größer war die Gefahr, dass ich mich zum Trottel machte – schon

wieder. Also sagte ich einfach: »Kann leider nicht. Zu viel Hausaufgaben«, rannte hoch – und stolperte auf der ersten Stufe.

»Geht's dir gut?«, fragte Jason.

»Ja«, rief ich, humpelte in mein Zimmer und knallte die Tür hinter mir zu.

Ich zog mein Sozialkundebuch aus meinem Rucksack und schlug es auf, konnte mich aber nicht konzentrieren. Ich hatte diese ganze nervöse Energie in mir und konnte einfach nicht stillsitzen.

Ich hatte irgendwie ein ganz merkwürdiges Gefühl, so als hätte ich etwas vergessen oder als fehlte mir etwas. Dann fiel es mir ein: Mir fehlte nicht *etwas*, sondern *jemand*. Mein Hund!

Normalerweise dackelte Pepper im Haus immer hinter mir her. Er schlief zu meinen Füßen, und immer wenn ich hochging, um meine Hausaufgaben zu machen, kam er mit in mein Zimmer. Er starrte aus dem Fenster oder machte ein Nickerchen auf meinem Bett. Aber heute war er nirgends zu sehen.

Ich klappte mein Heft zu, schlich auf Zehenspitzen die Treppe hinunter und linste ins Wohnzimmer. Jason saß auf der Couch und schaute fern. Vor der Couch lag Pepper und hatte seinen Kopf auf Jasons Füße gelegt.

Das war verrückt! Pepper hatte mich immer am meisten gemocht, aber jetzt hatte er eine neue Lieblingsperson. Und das Allerverrückteste war, ich konnte ihm noch nicht mal einen Vorwurf machen.

KAPITEL ACHT

Das führt doch alles zu nichts

Als ich am nächsten Tag in der Mittagspause an unseren Tisch kam, standen alle dicht gedrängt um Emma herum.

»Jetzt ist es endlich passiert«, erzählte sie uns.

»Yeah!«, Yumi boxte mit einer Faust in die Luft.

Rachel applaudierte ein bisschen.

»Psst! Bleibt cool«, sagte Claire.

»Was ist los?«, fragte ich.

Claire beugte sich vor und erklärte: »Emma geht mit Joe, dem Hotdogjungen.« Sie hörte sich an wie ein Spion, der gerade ein Staatsgeheimnis verriet.

Die Hotdogjungs teilen sich beim Mittagessen einen Tisch mit uns, nicht etwa, weil wir mit ihnen zusammensitzen wollen, es hat sich nur einfach so ergeben. Normalerweise lassen sie uns in Ruhe, aber manchmal versuchen sie unseren ganzen Tisch in Beschlag zu nehmen oder bewerfen sich gegenseitig mit Essen oder rülpsen die Nationalhymne, und das ist ziemlich nervig. Oh, und einmal hatten sie sogar ein Hotdogwettessen, daher haben sie auch ihren Namen. Aber ich schätze, sie haben keine Ahnung, dass wir sie so nennen.

»Wow!«, sagte ich.

»Ganz schön verrückt, oder?«, fragte Rachel.

»Völlig«, erwiderte ich. Um ehrlich zu sein, musste ich zugeben, dass mir nicht ganz klar war, was »mit jemand gehen« genau bedeutete. Ich fragte trotzdem lieber nicht, sondern setzte es stattdessen auf die Liste der mysteriösen Dinge, die sich ergaben, wenn man mit Jungs zur Schule ging.

Ich setzte mich und packte mein Truthahn-und-Schweizer-Käse-Sandwich aus, dabei hörte ich ganz genau zu. Es dauerte nicht allzu lange, bis ich auf dem Laufenden war. »Miteinander gehen«, bedeutete, dass Emma und Joe zusammen waren: als feste Freunde.

Ich konnte kaum glauben, dass eine meiner Freundinnen wirklich einen festen Freund hatte. Ich war echt beeindruckt, weil das so erwachsen und cool wirkte. Aber dann fragte ich mich, ob es bedeutete, dass sich jetzt alles änderte?

Bis jetzt war es noch zu früh, etwas zu sagen. Wie immer aßen alle einfach zu Mittag. Emma saß an einem Ende des Tisches und Joe am anderen. Sie sahen sich nicht einmal an.

Die Hotdogjungs schlangen ihr Essen wie immer rasend schnell runter und zogen dann ab, um auf dem Schulhof Frisbee zu spielen, bevor die nächste Stunde anfing.

Kaum waren sie weg, drängten sich wieder alle um Emma rum. »Also, wie ist es passiert?«, wollte Claire wissen.

»Na ja«, fing Emma an. »In Mathe sitzen wir nebeneinander und mein Spind ist direkt über seinem, wir lächeln einander auch immer zu. Vom ersten Tag an fand ich ihn richtig süß. Er hat ein hinreißendes Lächeln, meint ihr nicht auch?«

Alle nickten. Ich auch, obwohl ich nicht sicher war, ob ich Joe je lächeln gesehen hatte. Ich hatte ihn bisher jeden Tag seinen Mund mit Pommes vollstopfen sehen, und er konnte meisterhaft rülpsen. Aber lächeln? Ich konnte mich beim besten Willen nicht daran erinnern.

Emma hielt kurz inne, um eine Salzstange zu essen, und fuhr dann mit ihrem Bericht fort. »Aber bis letzte Woche hatte er eine andere Freundin.«

»Hatte er?«, fragte ich.

»Klar, er ist mit Jesse gegangen«, klärte Rachel mich auf. »Du weißt schon, eine der drei Plagen.«

Ich nickte, schaute kurz zu Taylors Tisch und fragte mich, wie mir das hatte entgehen können. Jesse war die vierte in Taylors Clique. Nicht Hannah und nicht die mit der Zahnspange mit lila Gummibändern. Denn das war Nikki. Jesse hatte langes, glattes braunes Haar mit dicken weißblonden Strähnen. Normalerweise hatte sie einen Pferdeschwanz. Wir nannten sie Jesse, der Frosch, weil sie jeden Tag irgendetwas Grünes anhatte. Ehrlich – so als würde sie jeden Tag St. Patrick's Day feiern. Niemand wusste, warum, und sie war noch nicht mal Irin. Das Merkwürdigste an ihr war, dass sie auch immer etwas Grünes aß: Algensalat, Wackelpudding, oder sie kaute auf langen Selleriestangen.

Emma erzählte weiter. »Jedenfalls hatte ich keine Ahnung, ob er mich mag, also habe ich schließlich Yumi gebeten, Phil zu fragen.«

Ich hatte noch nie von einem Jungen gehört, der Phil hieß. »Gehört er auch zu den Hotdogjungs?«, fragte ich deshalb und warf einen Blick auf die andere Seite unseres Tisches.

»Nein, er und Joe sind bei Yumi in Spanisch«, sagte Claire.

»Er hat schmuddelige dunkle Haare und einen Ohrring«, erläuterte Rachel.

»Oh, okay.« Ich nickte, obwohl ich immer noch nicht ganz sicher wusste, wer er nun war, hoffte aber, dass es nichts ausmachte.

Jetzt schaltete Yumi sich ein. »Also habe ich Phil nach der Schule gefragt. Sein Baseballteam trainiert neben meinem Softballfeld, deshalb sehen wir uns ständig. Na ja, auf jeden Fall hat Phil gesagt, er hätte keine Ahnung, aber am nächsten Tag bekam ich die Nachricht von ihm.«

Emma kramte in ihrem Rucksack und zog ein Stück Papier heraus. Es war zu einem kleinen Dreieck gefaltet. Sie wischte die Tischplatte vor sich sauber, faltete dann das Blatt auseinander und strich die Seite glatt.

Hey Emma, willst du mit mir gehen? Mit freundlichen Grüßen, Joe.
PS: Hast du die Mathe-Hausaufgaben gemacht? Was hast du bei Nr. 7 raus?
(Wieder Joe)

Er hatte eine kleine, eckige Handschrift. Obwohl die ganze Nachricht nur drei Zeilen lang war, hatte er eine ganze Seite benutzt.
»Das ist so romantisch«, seufzte Rachel.
Ich las die Nachricht noch einmal, auf der Suche nach der Romantik. Ich war nicht wirklich überzeugt, aber vielleicht hatte die Romantik ja etwas damit zu tun, dass er einen roten Stift gewählt hatte?
»Das ist cool«, bemerkte ich.
»Mein erster Freund.« Emma faltete das Briefchen wieder zusammen und steckte es vorsichtig in ein Reißverschlusstütchen. Sie drückte die Luft raus, verschloss das Tütchen und legte es in ihr Französischbuch.
»Bist du sicher, dass es sauber ist?«, fragte Yumi.

Emma nickte. »Da waren nur meine Brezeln drin und ich habe alle Krümel rausgeschüttelt.«

Ich hatte so viele Fragen: Unternahmen sie nach der Schule zusammen was? Oder an den Wochenenden? Oder beides? Wollte sie uns heute nur die Neuigkeit mitteilen und noch einmal mit uns Mittag essen, bevor sie uns sausen ließ, um romantisch mit Hotdog-Joe Mittag zu essen?

Irgendwie passten Hotdog-Joe und *romantisch* nicht wirklich in einen Satz. Ich fragte mich, ob ich anfangen sollte, ihn Joe zu nennen. Aber das klang irgendwie auch nicht richtig.

»Du hast echt Glück, dass du für den Valentinstag einen festen Freund hast«, meinte Claire.

»Wenn sie dann noch zusammen sind«, sagte Yumi. »Bis Februar sind es noch Monate!«

Emma keuchte. »Wie kannst du so etwas sagen? Natürlich sind wir dann noch zusammen. Ich meine, ich hoffe, dass wir es noch sind.« Sie runzelte die Stirn. »Ich hoffe, ich hab's jetzt nicht gerade auf's Spiel gesetzt.«

»Keine Panik«, beruhigte Rachel. »Er steht auf Langzeitbeziehungen. War er mit Jesse nicht einen ganzen Monat zusammen?«

»Dreieinhalb Wochen«, sagte Emma. »Und dann hat sie ihn wegen Oliver sitzen lassen.«

»Oliver Banks, aus meiner Laborgruppe?«, fragte ich.

Alle anderen nickten.

»Ihr gefällt sein Akzent«, erklärte Rachel und verdrehte die Augen. »Das habe ich zumindest gehört.«

Der nette und süße Oliver ging mit Jesse, dem Frosch? Wie hatte mir das alles entgehen können?

Ich fragte mich, ob alle anderen jetzt auch bald feste Freunde haben würden. Und wenn das so wäre, bedeutete es dann, dass

ich auch einen finden musste? Wie machte man so was überhaupt? Ich brannte darauf, das zu erfahren, aber ich konnte ja nicht einfach danach fragen.
Zum Glück erwähnte sonst niemand aus unserer Gruppe einen Freund oder auch nur den Wunsch danach, einen zu haben.
Emma lächelte die komplette Mittagspause über. Ihr ganzes Gesicht schien vor Freude zu strahlen, so als hätte sie Geburtstag oder wieder einmal den nationalen Mathewettbewerb gewonnen. Ich freute mich für sie, hatte aber immer noch die Sorge, dass sich nun alles verändern würde.
Dann war es aber doch keine große Sache: Wir teilten unseren Tisch immer noch mit den Hotdogjungs und wir ignorierten uns immer noch gegenseitig, zumindest meistens. Aber jeden Tag, nachdem sie mit dem Essen fertig und bereit zum Gehen waren, lächelte Joe Emma zu und winkte ihr unauffällig, wenn er zum Mülleimer ging. Und Emma lächelte halb und winkte ihm zurück.
Es war nett – süß wie ein warmes, flauschiges Gefühl. Die Sache lief gut. Zumindest bis Taylor und ihre Freundinnen Wind von der Beziehung bekamen.
»Stimmt es, dass deine Freundin Ella mit Joe Johnson geht?«, fragte Taylor mich eine Woche später in Sport etwa. Wenn ich ihre Bemerkung über meine Schnürsenkel nicht mitzählte, war es das erste Mal, dass sie seit unserer Unterhaltung über rasierte Beine mit mir sprach.
»Äh, meine Freundin *Emma* geht mit Joe. Aber ich hab keine Ahnung, wie er mit Nachnamen heißt.«
Taylor verdrehte die Augen, als würde ich es ihr absichtlich schwer machen. »Der Typ, der an eurem Tisch sitzt. Der, der bei Tobias und Erik sitzt, okay?«

Ich nickte. »Ja, das ist er.«
Taylor warf ihr Haar über eine Schulter zurück, schnaubte – ziemlich dramatisch –, so als würde sie gleich vor Wut platzen, und drehte sich wieder nach vorne.
»Was?«, fragte ich, obwohl ich es wahrscheinlich besser hätte wissen müssen.
»Nichts!«
Ich dachte schon, das wär's gewesen, aber dann drehte sie sich noch einmal um und sagte: »Vielleicht solltest du sie lieber warnen. Ich glaube nicht, dass er über Jesse weg ist.«
»Was?«
»Ich mein ja nur … Joe wollte sich nie von Jesse trennen. Als sie Schluss gemacht hat, hat er sie praktisch angebettelt, es sich noch einmal zu überlegen. Er hatte Tränen in den Augen. Einerseits hat der Kerl mir fast leidgetan, aber andererseits war es ziemlich jämmerlich.«
»Hm, und warum erzählst du mir das?«, fragte ich.
»Ich glaube einfach, Ella sollte vorsichtig sein.«
»Emma!«
»Wie auch immer.«
Taylor musste Emmas Namen kennen. Sie gingen schließlich schon ewig zusammen in die Schule, aber ich hielt es für besser, es auf sich beruhen zu lassen. »Womit vorsichtig sein?«, fragte ich.
»Alle sagen, dass Joe Emma nur benutzt, um über Jesse wegzukommen, das ist ja auch irgendwie logisch, wenn du mal genauer darüber nachdenkst. Ich meine, du weißt doch, was man über Trostpflaster sagt.«
Ich hatte keine Ahnung was man über Trostpflaster sagte, aber genau in dem Moment blies Miss Chang in die Trillerpfeife und forderte Ruhe ein.

Taylor drehte sich wieder nach vorn, sodass ich nur noch ihren Rücken anstarren konnte. Sie schlug die Beine übereinander und legte die Arme um ihre Knie. Ihre letzten Worte blieben einfach so in der Luft hängen, wie ihre glänzenden, baumelnden Ohrringe. Oder – genauer gesagt – wie eine Drohung.

KAPITEL NEUN

Mi-autsch!

Am Samstagnachmittag nahm ich Pepper mit zu Yumi. Ich brannte darauf, ihre neue Katze kennenzulernen, aber was noch viel wichtiger war, war die Erleichterung darüber, mal ein paar Stunden von Jason wegzukommen. Sobald er irgendwie in der Nähe war, schien ich etwas Blödes zu sagen oder zu machen. Oder buchstäblich zu ersticken. Ich hatte keine Ahnung, was mein Problem war, aber bis ich das herausgefunden hatte, nahm ich mir vor, ihm so weit wie möglich aus dem Weg zu gehen.

Als ich zu Yumi kam, war sie gerade im Vorgarten mit Hiroki, ihrem mageren kleinen Kätzchen, dem ein Teil des Schwanzes fehlte.

»Was ist passiert?«, fragte ich und zeigte darauf.

Yumi zuckte mit den Achseln. »Das weiß keiner. Sie ist einfach so aufgetaucht.«

»Armes Ding!« Ich blieb ein paar Meter entfernt stehen und hielt Peppers Leine kurz. Im Moment war er allerdings noch viel zu sehr damit beschäftigt, durch den Garten zu schnüffeln, als dass ihm Hiroki überhaupt aufgefallen wäre.

»Meinst du wirklich, es ist eine gute Idee, Hiroki und Pepper zusammenzubringen?«, fragte ich.

»Meine Cousine hat einen Hund und zwei Katzen, und die vertragen sich bestens. Sie hat gesagt, der Trick ist, dass sie sich jung kennenlernen, und Pepper ist doch noch ein Welpe, oder?«

»Ja.« Ich ging ein Stück näher ran und beobachtete Pepper genau.

Ich habe gelernt, dass man das Verhalten seines Hundes erkennen kann, wenn man auf seine Körpersprache achtet. Eine hochgezogene Lefze ist eine Warnung, nicht näher zu kommen. Wenn Hunde ihren Schwanz aufrichten, sind sie froh und selbstsicher. Hunde, die ihren Schwanz zwischen die Beine klemmen, sind ängstlich. Wenn das Fell des Hundes absteht, bedeutet das, dass er extrem auf der Hut ist. Und wenn ein Hund sich runterbeugt und sein Hinterteil in die Luft streckt, ist es eine Aufforderung zum Spielen. Und genau das machte Pepper, sobald er Hiroki entdeckt hatte. Außerdem wedelte er mit dem Schwanz – noch ein gutes Zeichen.

Also brachte ich ihn langsam näher, hatte die Leine dabei aber fest in der Hand. Yumi hatte recht. Pepper griff Hiroki nicht an. Er wollte sie nur beschnuppern.

Das Problem war allerdings: Hiroki griff Pepper an. Blitzartig fauchte die Katze, machte einen Satz von Yumis Schoß und landete auf Peppers Rücken.

»Oh nein!«, rief ich.

Pepper jaulte auf und schüttelte Hiroki ab. Oder besser gesagt: Er versuchte sie abzuschütteln, aber Hiroki grub ihre Krallen in Peppers Fell und hielt sich fest. Als sie dann doch auf dem Boden landete, fauchte sie und setzte wieder zum Sprung an. Zum Glück packte Yumi sie, bevor die Katze auch nur die Gelegenheit dazu hatte.

»Ist er soweit in Ordnung?«, fragte Yumi, während sie mit der sich windenden Hiroki kämpfte.

»Ich glaube schon.« Ich untersuchte Pepper. Er blutete nicht oder so und machte eher einen verschreckten als verletzten Eindruck.

Damit war er nicht der Einzige. Die ganze Aktion hatte mich unruhig gemacht. Hiroki wirkte so süß und unschuldig … Aber als sie dann so plötzlich hochgeschnellt war und den Satz gemacht hatte? Das war vollkommen verrückt. Es war alles so schnell gegangen. Und es war so gemein und einseitig. Ein richtiger Überraschungsangriff!

»Es tut mir so leid!«, beteuerte Yumi. »Sie ist wahrscheinlich nervös geworden. Sie ist immer noch ziemlich schreckhaft. Ich bringe sie rein.«

Sobald Hiroki weg war, streichelte ich Pepper über den Rücken. Er schien wirklich okay zu sein – er starrte mich nur mit seinen honigfarbenen Augen an, als wollte er fragen: *Warum hast du mich überhaupt hierhergebracht?*

Es brach mir fast das Herz. »Tut mir leid, mein Großer.«

»Ist Pepper verletzt?«, fragte Yumi, als sie wieder rauskam. »Können wir mit ihm trotzdem in den Park gehen? Ich muss trainieren, wenn ich eine Chance haben will, nächste Saison Pitcher zu werden.«

Yumi trainierte am liebsten, indem sie Pepper apportieren ließ. Und ihm gefiel das auch. Kaum hatte er das Wort *Park* gehört, wedelte er mit dem Schwanz.

»Klar können wir gehen«, antwortete ich.

»Cool, nur eine Sekunde. Ich muss nur schnell einen Ball holen.« Yumi flitzte in die Garage und kam eine Minute später wieder raus. »Mir tut das mit Hiroki echt leid. Ich wusste, dass sie ein bisschen schreckhaft ist, aber ich hätte nie damit gerechnet, dass sie deinen Hund angreift.«

»Ihm geht's gut«, sagte ich.

Der Park war voll, wie jedes Wochenende. Wir ließen Pepper

apportieren, bis die Sonne unterging und wir blinzeln mussten, um den Ball noch sehen zu können.
Als wir nach Hause kamen, hechelte Pepper, aber das hielt ihn nicht davon ab, gleich ins Wohnzimmer zu sausen, sobald ich die Haustür geöffnet hatte. Seine neue Lieblingsperson war zu Hause – Jason!
»Hallo, Anna Banana. Wo warst du?« Er machte den Fernseher aus und streckte sich. In einem seiner Socken war ein Loch und sein großer Zeh schaute raus. Es war aber eher niedlich als schlampig.
»Ich habe Pepper mitgenommen, um Hiroki kennenzulernen, die Katze von Yumi.«
»Cool. Hattet ihr Spaß?«
»Hatten wir, nur Pepper nicht. Zumindest nicht am Anfang. Die Katze hat ihn angegriffen.«
Jason hielt mitten im Strecken inne. »Die Katze hat Pepper angegriffen?«
Ich nickte.
Er lachte und klatschte in die Hände. »Mann, typisch Katze.«
Weder hatte ich eine Ahnung, wovon Jason sprach, noch gefiel mir, dass er über den Angriff auf Pepper lachte. Hiroki hätte ihn richtig verletzen können. Ihre Krallen waren ziemlich scharf. »Das ist nicht witzig.«
»Tut mir leid. Ich habe nicht über Pepper gelacht. Ich bin kein großer Katzenfan. Als ich ein Kind war, hat mich eine ohne jede Vorwarnung vollkommen zerkratzt, nur weil ich sie gestreichelt habe. So erscheinen sie mir alle gemein und boshaft. Typisch Katze eben, wenn du mich fragst.«
»Ich mag Katzen, und Hiroki hat vielleicht einfach nur Angst bekommen. Wer weiß, wie schrecklich es für sie war, bevor Yumi sie adoptiert hat? Außerdem ist Pepper doch so

viel größer als sie. Er muss wie ein Monster auf sie gewirkt haben.«

Jason beugte sich runter, um Pepper hinter den Ohren zu kraulen. »Bist du ein Monster? Bist du ein Monster, du kleiner Kerl?«

Er sprach in Babysprache mit Pepper, der das förmlich aufsaugte, sich auf seinen Rücken rollte und mit großen Augen zu Jason aufblickte. Offenbar hatte er mich inzwischen vollkommen vergessen.

»Hey, willst du was Cooles sehen?«, fragte er mich. »Komm, Pepper. Gehen wir.«

Ich folgte den beiden in den Garten. »Hast du ihm noch etwas beigebracht?«

Jason grinste und schaute dann Pepper an. »Bleib!«, sagte er. Dann warf er Peppers roten Ball in eine Richtung und seinen Plastikknochen in die andere.

Pepper saß ganz brav da und warf Jason einen Blick zu, als wäre er über beide Ohren verliebt in den Typ (was mich – obwohl ich ihm das noch nicht mal wirklich übel nehmen konnte – doch sehr ärgerte).

»Das ist cool«, sagte ich, weil ich noch nie gesehen hatte, dass Pepper solche Selbstbeherrschung an den Tag legte. Gerade erst heute Nachmittag war er vollkommen ausgeflippt, als ihm klar wurde, dass wir in den Park wollten.

Jason lachte. »Warte, ich bin noch nicht fertig.« Er blickte zu Pepper und sagte: »Hol deinen Ball. Komm schon, Pepper. Lauf, hol deinen Ball.«

Pepper sprintete in Richtung Ball, schnappte ihn und brachte ihn Jason. »Guter Junge!«, lobte Jason und gab ihm ein Leckerli. Er befahl Pepper noch einmal, zu bleiben, und warf den Ball. »So, jetzt lauf und hol deinen Knochen.«

Pepper flitzte in Richtung Ball, bis Jason rief: »Nein, Pepper. Den Knochen. Hol deinen Knochen.«
Pepper blieb abrupt stehen, schoss nach links und holte wirklich seinen Knochen.
Jason drehte sich strahlend zu mir um: »Und, was hältst du davon?«
Ich konnte es nicht glauben. Also, jetzt mal ernsthaft – irgendwie ergab das keinen Sinn.
»Er kennt wirklich den Unterschied zwischen den Worten *Ball* und *Knochen*?«, fragte ich.
Jason nickte. »Es hat 'ne ganze Woche gedauert, ihm das beizubringen.«
»Ich wusste gar nicht, dass man Hunden so etwas beibringen *kann*.«
»Das ist gar keine große Sache«, meinte Jason und zuckte mit den Achseln.
»Du bist … echt toll.« Ich hatte die Worte schon ausgesprochen, bevor mir klar wurde, wie lächerlich das klang.
Jason lachte nur. »Das bin ich eigentlich nicht, wie gesagt, habe ich einfach nur viel Zeit.«
Ich ging nach oben, mal wieder total gekränkt. Ich versuchte meine Hausaufgaben zu machen, konnte mich aber nicht konzentrieren. Ich schaffte es noch nicht mal, stillzusitzen, also ging ich auf und ab. Mein Herz hämmerte mit gefühlten einer Million Schlägen pro Sekunde und in meinem Hirn drehte sich alles nur noch um Jason. Ich konnte nur an ihn denken. Jason, der Pepper dressiert. Jason, der fernsieht. Jason, der im Garten vegetarische Burger grillt.
Ich hatte überhaupt keine Idee, was los mit mir war. Bis zum nächsten Morgen, als ich in Panik erwachte, weil mir die Antwort wie ein Blitz in mein Hirn schlug.

Der Grund für mein völlig abwesendes, verträumtes Verhalten in der Schule? Die Erklärung dafür, dass ich zu Hause vollkommen durch den Wind war?
Die Tatsache, dass ich 24 Stunden am Tag, sieben Tage die Woche nur an Jason dachte?
Und der Grund für das Herzflattern und die Schmetterlinge im Bauch, sobald er in meiner Nähe war?
Die Antwort auf all die Fragen war, dass ich verknallt in ihn war. In Jason. Jawohl, Jason, meinen Fast-Stiefbruder. Jason, der zwanzig war, also ganze neun Jahre älter als ich. Jason mit seinem wunderschönen, welligen dunklen Haar und seinen riesigen braunen Augen und seiner tiefen, schleppenden Stimme.
Er war der letzte Junge, den ich mir ausgesucht hätte, wenn ich Einfluss auf die Sache gehabt hätte.
Das war schlecht. Nein – das war eine Katastrophe.

KAPITEL ZEHN

Verknallt

Es war unfair, dass mein erstes Verknalltsein jemanden traf, der so alt war. Und noch dazu jemand, mit dem ich praktisch verwandt war. Jemand, mit dem ich in nur drei kurzen Wochen wirklich und tatsächlich verwandt *sein würde.* Ich wollte meine Gefühle verleugnen, aber ich konnte die Zeichen nicht wirklich ignorieren.

Immer wenn ich Jason sah, bekam ich ein mulmiges Gefühl im Bauch, aber im positiven Sinn. Ungefähr so, wie wenn man in der Achterbahn auf einen Looping zusaust, und ich liebe Achterbahnen – besonders eine, die sich überschlägt. Immer, wenn ich die Treppe nach unten raste, hoffte ich ihm zu begegnen. Ich wünschte mir, dass er mich fragte, wie die Schule war oder was für Musik mir gefiel oder was ich von Kichererbsen im Salat beim Abendessen hielte. (Hätte jemand anderes den Vorschlag gemacht, hätte ich »Igitt« gesagt. Aber da es Jason war, antwortete ich: »Na klar, find ich gut, klingt echt lecker.«)

Aber Moment mal. Vielleicht ist es einfach genau so, einen großen Bruder zu haben. Vielleicht wurde von mir erwartet, dass ich mir wünschte, ihn ständig zu sehen. Wie sollte ich das wissen, ich hatte ja nie zuvor einen? Es musste ja nicht unbedingt Verknalltheit sein, oder? Ich musste das herausfinden und glücklicherweise wusste ich genau, an wen ich mich wenden konnte.

Nachdem ich Jason das ganze Wochenende über aus dem Weg gegangen war, entdeckte ich Emma ganz früh am Montagmorgen bei ihrem Spind. »Wie hast du gemerkt, dass du Hotdog-Joe magst?«, fragte ich sie.
Allein der Name brachte Emmas Gesicht zum Leuchten. »Oh, das ist kompliziert«, antwortete sie. »Ich glaube, es war sein Lächeln. Als ich es zum ersten Mal sah, na ja, da fühlte es sich an, als würde mein Herz schmelzen, und ich fühlte mich wie wenn man Fieber hat. Ich fand Jungs mit Zahnspange schon immer super-süß. Aber Joes Spange ist die süßeste von allen, sie glänzt richtig, und in der Sonne leuchtet sie mehr als die anderen.«
»Aha«, sagte ich.
Jason hatte keine Spange. Seine Zähne waren absolut gerade und er hatte überhaupt das niedlichste Lächeln.
»Und außerdem zieht er sich gut an. Seine T-Shirts sind immer sauber und gebügelt, nicht so verknittert und fleckig wie die von den meisten anderen Jungs in der Schule. Ist dir nicht aufgefallen, dass seine Jeans immer eine perfekte Bügelfalte haben? Er schlägt die Hosenbeine immer nur einmal um, und auch nur zwei Zentimeter. Ich glaube, er misst das sogar echt ab. Ich würde ihn eigentlich gerne fragen, will ihn aber nicht in Verlegenheit bringen oder so. Ich weiß, dass die meisten Leute das idiotisch finden, aber ich finde es cool. Wie so eine Art Streber-Style, was offensichtlich gerade ein Comeback erlebt. Das sagt zumindest Claire.«
»Das ist alles?«, wollte ich wissen.
Sie blinzelte und legte den Kopf schief. »Wie meinst du das?«
»Na ja, ist es nicht mehr?«
»Natürlich«, sagte sie schwärmerisch. »Das meiste lässt sich aber nicht in Worten ausdrücken. Ich denke die ganze Zeit an

ihn, und da ist so ein Gefühl, das ich nicht beschreiben kann. Oh, und wusstest du, dass er eine zahme Ratte hat?«

»Igitt!«

»Nein, das ist cool. Sie sind wirklich sehr kluge Tiere«, versicherte sie mir, als sie ihren Spind zumachte. »Sie ist keine Kanalratte oder so was. Ihr Name ist Darwin und sie hat so eine süße zuckende kleine rosa Nase und winzige, weiche Öhrchen. Das sagt Joe zumindest. Ich habe Darwin noch nicht kennengelernt. Ich habe aber viele Fotos gesehen und sie ist wirklich absolut süß.«

Ich konnte mir nur schwer vorstellen, was an einer zahmen Ratte süß sein sollte, aber Emma wirkte vollkommen überzeugt. Also nickte ich. Dann ertönte der Gong und Emma sauste zum Unterricht.

Zahnspangiges Lächeln, Jeans mit Bügelfalten und zahme Ratten, die nicht im Kanal lebten, ergaben in der Summe Emmas Verliebtheit. Alles in allem wirkte das äußerst merkwürdig. Aber gleichzeitig konnte ich es auch irgendwie nachvollziehen. Immerhin mochte ich die Art, wie Jason Clementinen schälte: in einer langen, ununterbrochenen Spirale. Es machte mir noch nicht einmal etwas aus, dass er diese Spiralen manchmal auf der Anrichte in der Küche liegen ließ.

Und was noch?

Manchmal, wenn Jason mit einem Tuch seine Haare zurückgebunden hatte, sah er wie ein Pirat aus. Nicht wie ein gemeiner Pirat – sondern wie ein netter, nachdenklicher Pirat mit einem Herz aus Gold. Hatte ich schon erwähnt, dass er jonglieren kann? Nicht nur mit Tennisbällen oder Äpfeln. Er kann gleichzeitig mit einem Pfannenwender, einer Banane und einem Schuh jonglieren.

Aber für meine momentane Situation war es nicht gerade hilfreich, über die ganzen genialen Fähigkeiten von Jason nachzudenken. Ich musste irgendwie dringend zusehen, dieses Verknalltsein wieder loszuwerden. Also beschloss ich eine Liste mit Ausreden aufzustellen, warum ich ihn nicht mochte. (Abgesehen von dem offensichtlichsten Grund – dass wir bald miteinander verwandt sein würden.)

Sicherlich hatte er eine Menge negativer Eigenschaften. Ich hatte bisher nur noch nicht genug darüber nachgedacht. Sobald ich in Englisch kam, zog ich mein Heft heraus und begann mit einer Liste.

1) *Gestern hat Jason sein nasses Handtuch auf dem Badezimmerboden liegen lassen.*
2) *Sein Vater hat eine Glatze, also bedeutet das, dass er irgendwann auch mal eine haben wird. Glaube ich zumindest.*
3) *Er ist Vegetarier und Cheeseburger mit Speck esse ich am liebsten.*
4) *Er lebt in der Schweiz. Die ist viel zu weit weg. Nach der Hochzeit werde ich ihn ewig nicht wiedersehen.*
5) *Er schläft zu lang und schaut zu viel fern. Das könnte allerdings eine Ausnahme sein, weil er Ferien hat.*
6) *Er ist ein Junge und Jungs sind wie Hunde. Na ja, vielleicht nicht alle Jungs. Vielleicht gilt das nur für Mittelstufenjungs mit ihren hundeähnlichen Wesenszügen.*
7) *Und wo wir gerade von Hunden sprechen: Mein Hund mag ihn lieber als mich, das ist einfach nicht fair.*

Ich las mir die Liste noch einmal durch. Irgendwie überzeugte sie mich nicht richtig, leider.

»Annabelle Stevens«, rief Mr Beller mich auf.

Ich klappte mein Heft zu und blickte hoch. Mr Beller seufzte, als hätte ich ihn körperlich gequält.

»Entschuldigung«, sagte ich und grinste belämmert.

»Entschuldigung ist nicht die richtige Antwort. Und ich wäre dankbar, wenn du mir wenigstens den Gefallen tun würdest, so zu tun, als würdest du aufpassen.«

Ich faltete meine Hände auf dem Tisch und schaute nach vorn, fest entschlossen, aufzupassen und unter keinen Umständen an Jason zu denken.

Mr Beller sprach über unseren nächsten Buchbericht, also machte ich mir ein paar Notizen. Aber bald ertappte ich mich dabei, darüber nachzudenken, wie lange er hier wohl schon als Lehrer arbeitete und ob Jason mal einer seiner Schüler gewesen war. Selbst wenn nicht, vielleicht hatte Jason ja genau in diesem Raum auch mal Unterricht gehabt. Ich fragte mich, wie alt mein Tisch wohl war. Vielleicht hatte Jason am gleichen gesessen. Vielleicht klebte sein Kaugummi noch irgendwo unterm Tisch …

Okay, ich gebe zu, das war ein bescheuerter Gedanke. Hoffentlich reinigten sie die Tischunterseite jedes Jahr. Und vielleicht mochte Jason ja auch gar kein Kaugummi. Ich hatte ihn zumindest nie welches kauen sehen. Konnte das möglich sein? Gab es tatsächlich Leute, die kein Kaugummi mochten? Wie merkwürdig wäre das denn? Ein Teil von mir hoffte, dass Jason wirklich keins mochte, dann könnte ich das meiner Liste mit Gründen, ihn nicht zu mögen, hinzufügen. Allerdings könnte es sein, dass das mit dem Vegetarischleben zu tun hat, und das wiederum sollte eigentlich überhaupt kein Grund sein, denn wen kratzte das schon? Egal, was sie uns im Gesundheitsunterricht erzählten. Man ist nicht das, was man isst!

Offensichtlich klappte das mit dem Nicht-an-Jason-denken

nicht so wirklich. Aber immerhin schaffte ich es, durch den Vormittag zu kommen, ohne mich vollkommen zu blamieren (schon wieder).

In Bio hatte ich bereits einen neuen Plan. Ich dachte, dass ich vielleicht den falschen Weg gewählt hatte, um mein Verknalltsein loszuwerden. Wie Emma schon sagte, es war nicht einfach, Gefühle zu beschreiben. Sie waren einfach da und man konnte sie nicht wegzaubern. Also brauchte ich vielleicht einfach einen Ersatz, jemanden, auf den ich meine Gefühle übertragen konnte. Wenn ich jemanden fände, den ich mochte, jemand, der besser zu mir passte, zum Beispiel jemand aus der sechsten Klasse, dann wären all meine Probleme gelöst.

Ich schaute Oliver an. Ich hatte ihn immer schon ganz süß gefunden und ich musste zugeben, dass er nett war – zumindest für einen Jungen –, außerdem hatte er das richtige Alter. Wir waren in der gleichen Laborgruppe und saßen nebeneinander, also wäre es leicht, Briefchen hin- und herwandern zu lassen. Aber was würde ich Oliver schreiben? Mein Kopf wurde ganz leer, was eindeutig bedeutete, dass ich ihn nicht mochte. Ich meine, ich *mochte* Oliver, aber ich mochte ihn nicht *so*. Außerdem ging er noch mit Jesse. Die Sache zwischen meiner Clique und der von Taylor war schon schlimm genug. Ich wollte ihnen nicht noch einen Grund geben, uns zu hassen.

Ich schaute nach links. Tobias war definitiv kein Kandidat. Der Typ war zu nervig und absolut nicht süß. Aber es gab ja noch andere Jungs in der Klasse. Der Tisch hinter uns war voll von ihnen. Ich drehte mich um, um einen Blick zu riskieren. Jonathan putzte seine Brille mit seinem T-Shirt-Zipfel. Er hatte blonde Haare und freundliche braune Augen. Nicht so dunkel und tiefsinnig wie die Augen von Jason, aber sie hatten Potenzial.

»Sag mal, hast du irgendein Glotzproblem?«, fragte er mich.

Aargh!!!

Ohne ein Wort drehte ich mich um. Mittelstufenjungs waren so unglaublich unreif! Das würde nie im Leben funktionieren.

KAPITEL ELF

Grünsein

Eine ganze Woche war vergangen, ohne dass ich einen Jungen gefunden hatte, der mir gefiel. Leider schien jemand anderes erfolgreicher gewesen zu sein. Meine Freundinnen und ich saßen am Mittwoch beim Mittagessen, als Taylor und Jesse der Frosch an uns vorbeigingen – nein, vorbeistolzierten.

Sie redeten einfach weiter miteinander und sahen uns nicht an. Jemand, der keine Ahnung hatte, würde glauben, sie hätten uns noch nicht einmal bemerkt. Aber sie ignorierten uns so offensichtlich, dass wir genau wussten, dass sie es absichtlich taten.

Am anderen Ende unseres Tisches blieben sie stehen, direkt hinter Hotdog-Joe.

Jesse schien zu zögern, aber Taylor schubste sie fast nach vorne und sagte: »Gib sie ihm.«

Also tippte Jesse Joe auf die Schulter und reichte ihm einen Zettel.

Joe strahlte Jesse an, als wären sie Freunde oder so, und steckte die Nachricht, ohne sie zu lesen, in seine Tasche.

Dann gingen sie zu ihrem Tisch zurück. Aber diesmal grinste Taylor hämisch, als sie an uns vorbeigingen. So, als hätte sie ein Spiel gewonnen, von dem wir gar nicht wussten, dass wir es spielten.

»Äh, was war das denn?«, fragte Yumi.

»Ja, warum hat sie deinem Freund ein Briefchen zugesteckt?«, wollte auch Claire wissen.
»Ihr glaubt doch nicht, dass sie wieder mit ihm zusammen sein will, oder?«, fragte Emma ängstlich.
»Auf gar keinen Fall«, sagte Rachel.
»Wisst ihr, was Taylor letzte Woche in Sport zu mir gesagt hat?«, fragte ich. »Dass Emma aufpassen soll, weil Joe noch nicht über Jesse weg ist.« Ich drehte mich zu Emma. »Sie hat dich ein Trostpflaster genannt.«
Emma keuchte.
»Warte, wann war das?«, bohrte Rachel nach.
»Ich weiß nicht so genau – vielleicht vor einer Woche.«
»Und du erzählst es uns erst jetzt?«, wunderte sich Claire.
»Es tut mir leid, ich wusste nicht recht, was …«
»Was genau hat sie gesagt?«, unterbrach Emma.
Ich zuckte die Achseln. »So etwas von wegen, dass Joes Herz wegen Jesse gebrochen ist, aber ich glaube nicht, dass es wahr ist. Joe wirkt nicht so, als ob sein Herz gebrochen wäre.«
Wir blickten alle auf das Jungen-Ende unseres Tisches. Joe und die anderen Hotdog-Jungs machten gerade Achselfürze.
»Es scheint ihm gut zu gehen«, stimmte Rachel zu.
»Vielleicht überspielt er sein gebrochenes Herz mit unmöglichem Benehmen«, überlegte Emma.
»Das würde dann allerdings bedeuten, dass er schon sein ganzes Leben lang ein gebrochenes Herz hat«, meinte Claire.
Emma kaute auf ihrer Unterlippe.
»Keine Panik. Taylor hat keine Ahnung, wovon sie spricht«, tröstete Rachel.
»Jesse ist schuld.« Emma schnaubte wütend. »Jesse und diese bescheuerten Selleriestangen. Mich wundert bloß, dass ihre Haut nicht auch schon längst ganz grün ist.«

Wir alle sahen sie an und waren ziemlich verwirrt.

»Ihr wisst schon, so wie bei den Leuten, die zu viele Karotten essen und dann ganz orange werden«, fragte Emma.

»Äh, nee«, sagte Rachel. »Worüber redest du?«

»Es liegt an den Karotin-Pigmenten«, erklärte Emma. »Wenn im Blutkreislauf zu viel davon sind, verändert sich deine Hautfarbe. Das nennt man Karotinämie.«

»Und bei grünem Gemüse passiert das auch?«, fragte Yumi.

»Nein, das wünsche ich mir nur gerade.« Emma warf einen Blick auf ihr Mittagessen: Thunfischsandwich, Pommes und Apfelstückchen, alles schön in eine Reihe geordnet. »Ich glaube sowieso nicht, dass es wahr ist.«

»Komisch ist das ja schon mit dem grünen Zeugs«, stellte Yumi fest.

»Vielleicht hat sie ein paar seltsame Allergien, und sie kann nicht-grünes Essen nicht vertragen«, meinte Emma.

Ich zuckte mit den Schultern. »Oder es ist einfach nur eine Art Extrem-Diät.«

»Nein«, erwiderte Claire. »Sie isst immer grüne Gummibärchen. Was für eine Diät soll das sein? Aber mal abgesehen von der Essenssache, ich habe eine Theorie, was ihre Klamotten angeht. Ich glaube, sie hat da etwas falsch verstanden und glaubt, dass Grün das neue Schwarz ist.«

»Kann das echt jemand glauben?«, fragte Emma.

»Na ja, ihre missglückten Strähnchen zeigen ihren schlechten Geschmack doch schon«, stellte Claire klar.

»Ihr liegt alle falsch«, war Rachels Kommentar. »Ich glaube, sie gehört einfach einer außerirdischen Rasse an, die auf geheimer Mission ist und alles erntet, was grün ist.«

Yumi keuchte. »Was, wenn sie mit meiner neuen Katze verwandt ist?«

»Sie hat Pepper aus heiterem Himmel angegriffen«, bestätigte ich. »Und ich kann mir problemlos vorstellen, dass auch Jesse so etwas tut ...«

Rachel packte mich am Arm und brachte mich zum Schweigen, weil Jesse sich schon wieder näherte.

Als sie diesmal an uns vorbeiging, warf sie uns einen bösartigen Blick zu. Dann flüsterte sie Joe etwas ins Ohr – etwas, das ihn rot werden ließ und zum Grinsen brachte.

»Ich glaub, ich hab keinen Hunger mehr«, sagte Emma.

»Die Schreckliche T und ihre drei Plagen haben es mal wieder geschafft, unser Mittagessen zu ruinieren.« Rachel schob ihr Tablett von sich.

»Vergiss das Mittagessen«, rief Emma. »Sie ruinieren gerade mein ganzes Leben.«

Wir waren alle stinksauer, aber nicht nur weil Jesse so schamlos mit Joe flirtete. Wir fanden auch noch eine ganze Menge anderer Gründe.

Wir hassten Nikki, weil sie reich war und in einer riesigen Villa in Canyon Ranch lebte und ihre Eltern die gleichen Mercedescabrios fuhren. Ja, ihrem Vater gehörte die örtliche Mercedes-Niederlassung, aber das war keine ausreichende Entschuldigung.

Wir hassten Jesse, weil sie Taylor nachlief und alles machte, was die sagte, und weil sie immer etwas Grünes anhatte oder aß. Ihre blonden Strähnchen hatten dunkle Ansätze und wir hatten ihren Pferdeschwanz satt. Sie bewegte ihren Kopf beim Gehen immer hin und her, um ihn zum Schwingen zu bringen. Rachel betonte, wie bescheuert und angeberisch das war, und außerdem vermutlich auch noch schlecht für ihren Nacken.

Taylor hassten wir, weil sie sich immer als Anführer aufspielte, angab und mit viel zu vielen Jungs flirtete. Sie tratschte die ganze Zeit und ihr Lachen war nervig und klang gekünstelt. Sie hatte sich über meine süßen Schnürsenkel lustig gemacht. Und gut, vielleicht hatte Rachel die ganze Zeit schon recht gehabt: Vielleicht war es unmöglich, vor aller Welt damit anzugeben, dass man mal zur größten Sängerin überhaupt wird, die ausverkaufte Konzerte auf wenigstens drei Kontinenten geben würde und außerdem eine Villa in Beverly Hills sowie Lofts in New York, Paris und Rom bewohnen würde. Uns fiel kein konkreter Grund ein, um Hannah zu hassen. Rachel behauptete, ihre Schweigsamkeit wäre Arroganz, aber ich war anderer Meinung. Allerdings war die Tatsache, dass sie mit Taylor, Nikki und Jesse befreundet war, eigentlich Beweis genug für eine schwere Charakterschwäche.

KAPITEL ZWÖLF

Truthahntag-Terror

Es war echt anstrengend, alle so sehr zu hassen, und ich war froh, dass wir über Thanksgiving ein paar Tage freihatten. Normalerweise fuhren meine Mutter und ich nach Seattle und verbrachten den Tag dort bei meinem Onkel Jake und seinem Partner Shane. Dieses Jahr blieben wir in der Gegend, aber nicht zu Hause. Wir mussten zum Abendessen zu Freunden von Dussel. Außer Jason. Da er Weihnachten mit uns feiern würde, war er über Thanksgiving bei seiner Mutter. Jedes Jahr wechselten sie sich mit den Feiertagen ab. Ich fand das gut, denn je weniger Zeit ich mit Jason verbrachte, desto weniger peinlich verhielt ich mich.

Es war nur blöd, dass ich nicht so genau aufgepasst hatte, als Dussel davon sprach, dass seine Freunde eine Tochter in meinem Alter hätten. Hätte ich auch nur einen blassen Schimmer gehabt, um wen es sich handelte, hätte ich mich krank gestellt und wäre zu Hause geblieben.

Stattdessen stand ich auf einmal Taylor Stansfield gegenüber. Sobald sie öffnete, wich ich einen Schritt zurück, weil ich dachte, wir hätten uns in der Tür geirrt – zumindest hoffte ich es. Aber Dussel benahm sich total normal und führte meine Mutter hinein.

»Hallo, Taylor«, grüßte er. »Darf ich dir meine Verlobte, Jeanie, vorstellen? Und das ist ihre Tochter Annabelle.«

Ich blieb auf der Stufe vor der Tür stehen und konnte mein unglaubliches Pech kaum fassen.

»Oh, ich kenne Annabelle von der Schule«, murmelte Taylor.

»Was für ein Zufall!« Dussel strahlte mich an, als wäre das eine echt tolle Sache. »Du hast mir ja gar nicht gesagt, dass du mit Taylor befreundet bist.«

Äh, befreundet? Machte er Witze? Warum glaubten alte Leute, Kinder im gleichen Alter, die zufällig zusammen zur Schule gehen, wären automatisch Freunde? Taylor und ich lebten in zwei vollkommen verschiedenen Welten.

Taylor grinste ihr kaltes, offensichtlich falsches Grinsen.

Wenn dies ein Albtraum war, würde ich jetzt gerne aufwachen.

Gerade in dem Augenblick kam eine Frau – ich schätze mal Taylors Mutter, denn sie sah wie eine ältere, weniger gemeine Version von Taylor aus – an die Tür und küsste Dussel auf die Wange. Dann drehte sie sich zu mir und sagte: »Du musst Annabelle sein. Bitte kommt doch rein. Ich entschuldige mich für die schlechten Manieren meiner Tochter. Sie wollte euch nicht hier in der Kälte stehen lassen.«

Irgendwie hatte ich das Gefühl, dass Taylor genau das sehr wohl wollte.

Ich ging ins Haus, das voller Leute war, überwiegend Erwachsene, aber auch ein paar kleine Kinder. Zu meiner großen Überraschung war auch Nikki da. Na großartig! Jetzt waren es zwei gegen eine. Ich war in der Unterzahl.

Noch schlimmer, verglichen mit den anderen Partygästen war ich völlig falsch angezogen. Unser Thanksgiving ist immer lässig, deshalb trug ich Jeans und ein T-Shirt, das ich vor ein paar Wochen bei Claire gebatikt hatte. Es war mir im Leben nicht eingefallen, mich schick zu machen. Nikki jedoch war in einem lila Minirock mit marineblauen Leggings darunter und goldenen Ballerinas herausgeputzt. Taylor trug ein kurzes silbernes Kleid mit hohen schwarzen Stiefeln. Sie sah aus wie eine Tänzerin in einem MTV-Video. Ich gab es wirklich nur ungern zu, aber die beiden sahen absolut süß aus.

Ich wusste nicht, worüber ich mit den beiden reden sollte, und sie wussten es umgekehrt genauso wenig.

Glücklicherweise packte Taylor Nikkis Hand und zog sie hinter sich her die Treppe hinauf. Dabei flüsterten die beiden, bis sie oben waren. Ich war froh, dass ich sie nicht verstehen konnte, denn klar, sie redeten über mich.

Ich folgte Mama und Dussel ins Wohnzimmer in der Hoffnung, noch ein paar andere Kinder in meinem Alter zu finden – vorzugsweise welche, die nicht meine Erzfeinde waren. Aber da waren nur Babys und Nikkis fünf Jahre alten Zwillingsbrüder, die in der Ecke eine LEGO-Burg bauten.

Ich saß zwischen Mama und Dussel und versuchte mein Gähnen zu unterdrücken, während die Erwachsenen sich über langweiliges Zeug unterhielten. Über – genau! – die Hochzeit.

Als Taylors Mutter zurück ins Wohnzimmer kam, um den Käseteller aufzufüllen, fragte sie mich, wo Taylor und Nikki waren.

»Ich weiß nicht«, antwortete ich und hoffte, sie würde es dabei belassen.

»Was soll das heißen, du weißt es nicht?« Sie schaute sich im Wohnzimmer um, als könnten die beiden jeden Moment aus dem Boden wachsen.

»Äh, vielleicht sind sie hochgegangen?«, sagte ich schließlich.

»Und dich haben sie einfach hier unten gelassen?« Ich sah, dass sie sich aufregte, denn die Haut zwischen ihren Augenbrauen wurde ganz knittrig.

Oh-oh. Die Richtung, in die sich das alles entwickelte, gefiel mir überhaupt nicht. »Mir geht's ganz gut hier.« Ich tätschelte das rotgelbkarierte Kissen neben mir und versuchte entspannt auszusehen.

»Unsinn!«, sagte Mrs Stansfield. »Komm mit!«

Ich blickte zu meiner Mutter, aber sie war keine Hilfe. »Na los«, sagte sie.

Ich hatte also keine Wahl, rappelte mich von der Couch hoch und folgte Mrs Stansfield.

Als ich die Treppe hinaufging, hatte ich das Gefühl, über die Planke geschickt zu werden – so als wäre ich kurz davor, ins Wasser zu fallen, in dem es von Haien wimmelte. Obwohl – das hätte ich im Moment sogar bevorzugt.

Mrs Stansfield klopfte an Taylors Tür und trat ein, bevor jemand antworten konnte. »Hi, Mädels. Ich weiß, dass ihr Annabelle nicht absichtlich unten gelassen habt. Und ich weiß, dass ihr sie jetzt mitspielen lasst.«

»Das ist nicht irgendein *Spiel.* Wir sind gerade bei Wii«, erklärte Taylor ziemlich patzig. »Nikki hat *Rock Band II, Special Edition* mitgebracht. Du weißt schon, das, was ich mir seit Monaten von euch wünsche.«

»Haben wir dir das nicht zu Weihnachten geschenkt?«

»Nein, das war *Guitar Hero*, was völlig out ist.«

»Tja, damit musst du wohl irgendwie leben müssen. Das wirst du schon irgendwie schaffen.«

»Und du musst mit der Tatsache leben, dass du meine Musikkarriere ernsthaft torpedierst.«

Taylors Mutter drehte sich um und merkte schließlich, dass ich ihr nicht ins Zimmer gefolgt war. »Willst du bei ihnen mitmachen, Annabelle?«

Fangfrage. Wenn ich Nein sagte, dürfte ich dann wohl wieder

runtergehen? Oder würde das so wirken, als wollte ich Taylor und Nikki schlecht dastehen lassen?
Ich zögerte zu lang, das schien sie zu verärgern. Oder vielleicht reichte dafür einfach nur meine Anwesenheit.
»Geh schon rein«, sagte Taylors Mutter und ließ mir damit keine Wahl mehr.
Taylor und Nikki lächelten mich an – zumindest bis Frau Stansfield gegangen war. Kaum war die Tür zu, wandelte sich das Lächeln zu einem höhnischen Grinsen.
»Das war nicht meine Idee«, erinnerte ich die beiden.
»Und wenn schon«, sagte Taylor.
»Ich wusste noch nicht einmal, dass Ted deine Eltern kennt.«
»Hey, du wohnst doch im Clemson Court, oder? Gegenüber von Rachel?«, fragte Nikki.
Ich nickte.
»Wie ist deine Adresse?«, wollte sie wissen.
»Nummer achtzehn«, antwortete ich. »Warum?«
Nikki grinste. »Ich hab in dem Haus gewohnt, als ich klein war. Bevor wir nach Canyon Ranch gezogen sind.«
»Echt?«, fragte ich ungläubig.
Nikki nickte. »Es ist so ein niedliches kleines Häuschen.«
Aus jedem anderen Mund hätte das sogar ein Kompliment sein können. Aber irgendwie wusste ich, dass Nikki mit »niedlich« »viel zu klein« meinte. Es war die Art, wie sie es sagte, der Tonfall ihrer Stimme. So als ob sie sich für etwas Besseres hielt, nur weil sie in einem größeren Haus wohnte. Das war dumm, aber irgendwie auch lustig, denn wenn sie die winzig kleine Wohnung sehen würde, die meine Mutter und ich vorher hatten, dann würde sie sicher erst richtig loslegen.
Ich wusste genau, dass es blöd war, sich darüber aufzuregen, aber zu wissen, dass ich in dem alten Haus von Nikki wohnte,

ärgerte mich sehr. Gleichzeitig wünschte ich mich jetzt gerade dorthin zurück.
Vielleicht könnte ich so tun, als hätte ich eine Lebensmittelvergiftung. Ich hatte nur drei Käsewürfel gegessen. Konnte man von drei Käsewürfeln krank werden?
Taylor machte den Fernseher aus und sagte: »Lass uns lieber Karaoke machen. *Rock Band* ist irgendwie langweilig.«
Nikki verzog das Gesicht, baute aber wortlos die Karaoke-Maschine auf.
»Du darfst zuerst«, sagte Taylor und reichte ihr das Mikrofon.
Als aus den kleinen Boxen *So what* von Pink schmetterte, stand Nikki auf, schwang ihre Hüften und hielt das Mikrofon an die Lippen. Nikkis Stimme war okay, aber nicht überragend. Sie machte ein paar richtig gute Tanzbewegungen, aber das band ich ihr natürlich nicht auf die Nase.
Sobald das Lied endete, rief Taylor: »Ich bin die Nächste.« Sie suchte sich einen Song von den Jonas Brothers aus und sie klang sogar richtig gut.
Dann setzten sich die beiden hin und studierten ausführlich die Liste der Lieder, die in der Karaoke-Anlage gespeichert waren. Es war ziemlich nervig, dazusitzen wie die blöde kleine Schwester, die sie am Bein hatten, oder noch schlimmer – wie ihr Publikum.
»Lass uns mal einen Klassiker machen«, meinte Nikki. »Wie *Popular*.«
Taylor suchte den Song.
»Meinst du den aus *Wicked*?«, platzte ich heraus, bevor mir wieder einfiel, dass ich eigentlich stumm bleiben wollte. »Ich liebe das Stück. Ich hab's dreimal gesehen.«
»Das kann nicht sein«, sagte Taylor. »Die Tickets sind doch

schweineteuer. Ich musste meine Eltern anflehen, einmal mit mir hinzugehen. Bist du reich, oder was?«
»Wenn sie reich wäre, würde sie nicht in dem winzigen Haus wohnen«, erklärte Nikki. »Selbst ich hab's nur einmal sehen können.«
»Ich bin nicht reich«, antwortete ich. »Aber meine Mutter ist eine gute Freundin des Regisseurs und er hat uns die Karten besorgt. Mir hat es so gut gefallen, dass er mich noch zweimal reingelassen hat. Letztes Jahr an meinem Geburtstag habe ich zwei meiner besten Freundinnen mitgenommen und wir waren Backstage, haben die Schauspieler getroffen und so.«
Nikki und Taylor tauschten Blicke. Sie waren echt beeindruckt, das war nicht zu übersehen. Ich wollte überhaupt nicht angeben, ich war einfach nur ehrlich. Aber ich war froh, dass ich es ihnen erzählt hatte. Ich weiß, es hätte mir eigentlich egal sein sollen, aber ich wollte nicht nur die Nervensäge sein, mit der sie sich abgeben mussten. Die, die sich nicht die Beine rasierte und Clownsschuhe trug.
»Woher kennt deine Mutter ihn?«, wollte Taylor wissen.
»Sie waren mal zusammen. Vor Ewigkeiten. Als meine Mutter noch in der Schule war. Er war ihr erster Freund.«
»Oh, Mann. Wenn die geheiratet hätten!«, sagte Taylor.
»Dann wäre dein Stiefvater der Regisseur von *Wicked*«, stellte Nikki fest.
»Es sei denn, sie hätten schon vor Jahren geheiratet und er wäre dein richtiger Vater.« Plötzlich machte Taylor große Augen. »Er ist doch nicht etwa dein richtiger Vater, oder?«
Ich schüttelte den Kopf. »Nee, und es gab eigentlich auch immer nur meine Mutter und mich. Aber jetzt nicht mehr, weil sie ja Ted heiratet.«

Als ich das sagte, wurde mir klar, dass es nie mehr wieder nur meine Mutter und mich geben würde.

»Ich liebe Hochzeiten«, sagte Taylor. »Was ziehst du an?«

»Ein blaues Kleid mit durchsichtigen Ärmeln und einem schimmernden Rock.«

»Klingt schick«, meinte Nikki.

Ich nickte. »Ja, das muss es auch sein, ich bin nämlich die Brautjungfer.«

»Das ist ja cool!« Nikki quiekte fast.

Ich sah die beiden an und versuchte herauszufinden, ob sie sich über mich lustig machten. Aber es sah nicht so aus. Es schien eher, als hätten sie vergessen, dass sie mich eigentlich hassen sollten. »Meint ihr?«, fragte ich.

»Oh, Mann, klar!«, antwortete Taylor, als wäre es völlig verrückt, überhaupt danach zu fragen. »Es ist die größte Ehre, die es gibt!«

»Können wir ihn denn mal kennenlernen?«, wollte Nikki wissen.

»Ted?«, fragte ich. »Natürlich, er ist doch unten. Aber ich dachte, ihr kennt ihn – «

»Sie meint den Regisseur«, unterbrach Taylor ungeduldig.

»Ach, Mark. Er ist mit der Show unterwegs. Sie touren mit *Wicked* jetzt durch ganz Europa.«

»Wann kommt er wieder?«, fragte Taylor.

»Ich hab keine Ahnung. Er war nur wegen des Stücks in Los Angeles. Normalerweise lebt er in New York.«

»Wenn ich achtzehn werde, ziehe ich auch nach New York«, sagte Taylor. »Auch wenn ich dann noch keinen Plattenvertrag habe, aber wahrscheinlich werde ich einen haben.«

Ich konnte nicht glauben, dass ich hier saß und eine ganz normale Unterhaltung mit den Mädchen hatte, mit denen meine

Freundinnen und ich seit Wochen stritten. Irgendwie war das nicht richtig. Auch wenn es andererseits sogar ganz nett war. Oder zumindest weniger stressig.

»So, jetzt musst du mit uns singen«, bestimmte Taylor. Sie wandte sich an Nikki. »Annabelle hat eine tolle Stimme.«

Ich lächelte. Ich konnte nicht anders. Die ganze Zeit über hatte ich gedacht, dass Taylor viel zu sehr mit sich selbst beschäftigt war und gar nicht gemerkt hatte, dass ich auch gut singen konnte. Aber sie hatte es doch.

Wir sangen zusammen das Lied *Popular*, was in gewisser Hinsicht ironisch war, zumindest für mich, da ich kein bisschen beliebt war, und darum geht es schließlich in dem Lied. Für die anderen beiden war es wahrscheinlich vollkommen natürlich. Als wir mit dem Song durch waren, machten wir mit anderen Liedern aus *Wicked* weiter.

Bis Mrs Stansfield uns zum Abendessen runterrief, hatten wir echt Spaß. Als wir wieder unten waren, hatte ich keine Ahnung, wo ich mich hinsetzen sollte, aber Taylor packte meine Hand und führte mich zum anderen Ende des Tisches, damit ich beim Essen neben ihr und Nikki sitzen konnte.

»Und, wo ist Jason?«, fragte Taylor.

»Du kennst Jason?«, wunderte ich mich. Als ich seinen Namen aussprach, kletterte meine Stimme eine Tonlage höher, aber ich hoffte, dass es nicht wirklich auffiel. Was ich am allerwenigsten brauchte, war, dass Taylor etwas von meinen Gefühlen für den Kerl ahnte.

»Oh, Mann!«, sagte sie. »Ted und meine Eltern sind seit Ewigkeiten befreundet. Ich kannte Jason schon, als er ein Streber mit Brille und Zahnspange war, bevor er dann sogar richtig süß wurde.«

Ich merkte, dass Nikki bei dem Kommentar über die Zahnspange zusammenzuckte, aber Taylor schien das nicht aufgefallen zu sein.

Viel wichtiger war, dass ich echte Schwierigkeiten hatte, zu glauben, Jason wäre mal ein Streber gewesen. Er hatte so ganz und gar nichts Streberhaftes an sich. Bei dem Gedanken an ihn wurde ich rot. Aber Moment mal … »Du denkst, Jason ist süß?«

»Das denke ich nicht, ich weiß, dass er es ist!«, stellte Taylor fest.

»Kommt er später nach, oder was?«

»Er verbringt Thanksgiving bei seiner Mutter«, sagte ich. »Denn wir feiern dann Weihnachten zusammen.«

»Ach so.« Taylor schien enttäuscht, fing sich aber schnell. »Du hast echt Glück, dass du so einen heißen Bruder hast.«

»Stiefbruder«, korrigierte ich. »Und noch ist er es nicht.«

Wir waren mit dem Essen schon lange vor den Erwachsenen fertig. Taylor gelang es, ihre Mutter zu überreden, uns schon mal etwas von dem Kürbiskuchen zu geben, obwohl alle anderen noch aßen.

Danach machten Nikki und Taylor sich wieder auf den Weg nach oben.

Ich hatte keine Ahnung, ob ich mitgehen sollte, also blieb ich, wo ich war. Aber dann blieb Taylor stehen und rief: »Hey, Annabelle. Kommst du, oder was?«

Und irgendwie war mir klar, dass »oder was« keine wirkliche Alternative war.

KAPITEL DREIZEHN

Schrecklich oder nicht, hier kommen sie

Nachdem wir an Thanksgiving gemeinsam so viel Spaß gehabt hatten, dachte ich, dass Taylor und Nikki nicht mehr so gemein zu mir sein würden. Trotzdem war ich total nervös, als ich am Montag in die Schule kam, hauptsächlich deshalb, weil ich nicht wusste, was mich erwartete. Ich hoffte, dass ihre Clique sich endlich mit meiner vertrug, weil ich diese ewige Streiterei satt hatte.

Aber vielleicht würde sich auch gar nichts ändern und die Schule blieb das Schlachtfeld, während alles andere als neutrale Zone galt. Und vielleicht war selbst das nur eine Wunschvorstellung, denn möglicherweise hatten Taylor und Nikki ja schon vergessen, wie viel Spaß wir an Thanksgiving hatten. Immerhin war das schon vier Tage her.

Als ich zu meinem Spind kam, sah ich Taylor daneben stehen. Ich glaubte nicht wirklich, dass sie da auf mich wartete, auch wenn es so schien. Also sagte ich Hallo, aber vorsichtshalber nur ganz leise, für den Fall, dass es ein Fehler war.

»Hola, *chica*«, sagte Taylor und lächelte mich so strahlend an, als wären wir tatsächlich Freundinnen. »Ich dachte mir, du möchtest dir die vielleicht leihen.« Sie reichte mir eine CD – den Soundtrack von der *West Side Story*.

»Erzähl es nicht weiter, aber ich habe gehört, dass die Theater-AG das im Frühjahr aufführen will. Wäre es nicht obergenial, wenn ich die Rolle der Maria bekäme? Sie haben die Hauptrolle noch nie einem Sechstklässler gegeben, aber es gibt immer ein erstes Mal, oder? Egal, ich dachte, du willst vielleicht auch mal reinhören. Vielleicht kannst du ja auch mitmachen – im Chor.«

»Äh, danke«, erwiderte ich.

»Kein Problem. Die Musik ist echt cool. Behalt sie, so lange du willst«, sagte Taylor. »Ich habe es schon auf meinen iPod geladen.«

»Toll«, sagte ich.

»Und du solltest dir irgendwann auch mal die DVD ausleihen.«

»Mach ich.«

»Oder komm vorbei und wir gucken sie zusammen. Vielleicht können wir sogar zusammen üben. Es hilft echt, wenn man jemanden hat, der mitmacht.«

»Oh, okay«, sagte ich und konnte kaum glauben, dass Taylor Stansfield mich zu sich einlud. Klar, ich war schon mal da gewesen, aber das war ja sozusagen aus Versehen.

»Wir können sie aber auch bei dir sehen. Vielleicht hat Jason Lust, mitzugucken.« Dann schaute sie auf ihre Uhr und sagte: »Ich muss los, aber wir sehen uns im Chor, ’kay?«

»’kay«, bestätigte ich und kam mir blöd vor, weil es so klang, als machte ich sie nach. Zum Glück sagte sie nichts, sondern wackelte nur mit den Fingern, bevor sie sich umdrehte und ging.

Als ich die CD in meinen Spind legte, kam Rachel zu mir. »Was ist das?«, wollte sie wissen.

»Ach, nichts.« Ich lächelte nervös. Es war zu früh am Morgen, um zu erklären, dass ich jetzt mit Taylor befreundet war – oder zumindest nett zu ihr war. Und ich hatte auch keine Ahnung, wie ich das erklären sollte, also wechselte ich lieber das Thema. »Wie war Thanksgiving?«, fragte ich.

Rachel verdrehte die Augen. »Soooo langweilig. Wir mussten zu meiner Tante nach San Diego und die Fahrt hat ewig gedauert. Aber immerhin ist Jackson auf dem Rückweg vom Autofahren schlecht geworden und er hat gekotzt. Das war sozusagen der Höhepunkt der ganzen Ferien.« Es gongte. »Ich muss los. Wir sehen uns in der Mittagspause.«

»'kay.« Ich wackelte mit meinen Fingern, genauso wie Taylor es gemacht hatte. Es musste wohl ansteckend sein oder so, weil ich das eigentlich gar nicht wollte.

Rachel legte ihren Kopf schief und fragte: »Was war das denn?«

»Ach, nichts.« Ich hakte meine Daumen in meine Rucksackträger.

»Okaaay.« Sie warf mir einen komischen Blick zu. »Wir sehen uns später.«

»Ja. Klar. Bis dann.«

Als ich in Französisch kam, grüßte mich Hannah und fragte, wie Thanksgiving bei mir war.

»Gut«, sagte ich. »Ich war bei Taylor. Ihre Eltern sind Freunde von dem Verlobten meiner Mutter.«

Sie lächelte. »Ich weiß, Nikki hat's mir erzählt.«

Das schien so eine Art Code zu sein für: »Jetzt ist alles okay und ich kann wieder nett zu dir sein.« So als hätte ich einen Test bestanden, ohne zu wissen, dass ich überhaupt dafür angemeldet war. Ich war froh, denn ich hatte eigentlich nie Probleme mit Hannah gehabt. Jetzt mussten wir uns gegenseitig auch nicht mehr ignorieren.

»Ich habe auch gehört, dass deine Mutter heiratet und du Brautjungfer bist«, sagte sie. »Du bist echt ein Glückspilz. Ich war mal Blumenmädchen, aber das ist schon Jahre her. Brautjungfer zu sein ist viel cooler. Zumindest, solange du deinen zukünftigen Stiefvater auch magst.«

»Ja, er ist ein guter Typ. Manchmal vielleicht ein bisschen tollpatschig, aber nett.«

»Mein Vater hat letztes Jahr wieder geheiratet und ich kann meine Stiefmutter nicht ausstehen«, erzählte sie mir. »Sie ist ein absoluter Reinlichkeitsfreak. Im Haus von den beiden liegt überall weißer Teppich. Niemand darf mit Schuhen rein. Sie und mein Vater schlurfen in den gleichen beigefarbenen Pantoffeln rum. Außerdem hat sie eine Teddybär-Sammlung im Wohnzimmer. Das ist echt erbärmlich. Aber zum Glück wohne ich nicht bei ihnen. Ich muss nur jedes zweites Wochenende hin.«

Als der Gong ertönte, bat uns unser Lehrer, die Hausaufgaben abzugeben.

Nach dem Unterricht gingen Hannah und ich zusammen raus. Im Gang trafen wir Jesse, die an einem Lolli mit Limonengeschmack lutschte und mit ihrem Pferdeschwanz wedelte. Sie grüßte Hannah, aber nicht mich. Mir machte das nichts aus, weil sie immerhin nicht die Augen verdrehte oder mich blöd ansah, oder sonst was. Im Grunde schien es sie gar nicht zu überraschen, dass ich mit Hannah durch die Gegend lief. Es war, als hätte sich rumgesprochen, dass ich cool wäre. Oder zumindest gut genug, um zivilisiert mit mir umzugehen.

Ich war ein bisschen nervös, weil ich wusste, dass ich beide, Taylor und Rachel, in Sport sehen würde. Aber es stellte sich raus, dass Rachel die letzten zwei Stunden ausfallen lassen musste, weil sie eine Zahnspange bekam. Das bedeutete, ich konnte mit Taylor reden, ohne mich rechtfertigen zu müssen. Taylor war cool und witzig und sie machte Miss Chang nach, indem sie ihre Shorts bis zum Bauchnabel hochzog, mit nach außen gedrehten Füßen lief und dabei in eine unsichtbare Pfeife blies.

Taylor regte sich noch nicht einmal auf, als Miss Chang sie erwischte und sie zur Strafe vier Runden um das Fußballfeld laufen ließ. »Kein Problem«, sagte sie nur. »Ich brauche ein bisschen Bewegung.«

Am nächsten Morgen umarmte mich Taylor zur Begrüßung, ganz so, als wären wir schon ewig die allerbesten Freundinnen. Außerdem sagte sie mir, dass meine Haare süß aussähen.

Als ich ihr nach der ersten Stunde im Gang begegnete, sagte sie, dass ihr meine Klamotten gefielen. Zugegeben, das war eine nette Abwechslung zu der Bemerkung über meine Zirkusschuhe. Aber der richtige Schocker kam dann in der Mittagspause, als sie mich zu ihrem Tisch winkte und sagte: »Hey, heute isst du mal mit uns.«

»Wirklich?« Ich sah zu meinem normalen Tisch, an den sich gerade Rachel und Yumi setzten. Am anderen Ende ließen drei Hotdog-Jungs Papierflugzeuge fliegen.

Taylor bemerkte meinen Blick und grinste durchtrieben. »Ich meine natürlich, wenn man es dir erlaubt.«

Nikki und Jesse lachten, während Hannah wegschaute und so tat, als habe sie nichts gehört.

»Ich kann Mittag essen, mit wem ich will.«

Kaum hatte ich das gesagt, überlegte ich, ob ich überhaupt mit den drei Plagen zu Mittag essen wollte. Allerdings wirkten sie jetzt gar nicht mehr so schrecklich. Klar, wir hatten alle diesen unglaublich riesigen Streit, aber verdiente nicht jeder eine zweite, ähh, beziehungsweise dritte Chance?

Egal, es war ja nur ein Mittagessen.

Eine einzige Mahlzeit.

Dreiundvierzig Minuten.

Ich schaute noch einmal zu meinen Freundinnen. Sie hatten nicht bemerkt, dass ich mit Taylor sprach, und ich war froh darüber. Aber vor was hatte ich eigentlich Angst? Warum machte ich so eine große Sache aus so einer Kleinigkeit? Und wer sagte, dass ich keine neuen Freundschaften schließen konnte?

»Hier.« Taylor rutschte auf der Bank ein Stück zur Seite, um mir Platz zu machen.

Jetzt hatte ich keine Wahl mehr. Es wäre unhöflich, sich nicht zu ihnen zu setzen. Das redete ich mir zumindest ein und zuckte mit den Schultern, als wäre es die selbstverständlichste Sache der Welt, dass ich mich neben sie setzte.

»Das ist Jesse«, sagte Taylor und deutete zu dem Frosch, der gerade Gurkenscheiben in Ranchdressing dippte.

»Hallo«, sagte ich, als würde ich sie zum ersten Mal sehen.

»Hey«, erwiderte sie, wobei sie ihren Pferdeschwanz hin und her schwenkte.

»Und Nikki und Hannah kennst du ja«, fuhr Taylor fort.

Hannah lächelte mich aufmunternd an, aber Nikki wirkte ein bisschen misstrauisch.

Von hier aus sah die Cafeteria ganz anders aus. Der Tisch lag schattiger und sie mussten ihn mit niemand anderem teilen. Wenn meine Freundinnen fragen sollten, würde ich ihnen sagen, dass ich Forschung betrieb. Vielleicht könnte ich ja als Schulaufsatz eine Enthüllungsstory schreiben: *Mittagessen mit den beliebtesten und angesagtesten Leuten.*

Oder vielleicht kam ich dahinter, warum Jesse so auf Grün stand.

Bis zu den Weihnachtsferien waren es immer noch drei Wochen, aber sie hatte jetzt schon ein T-Shirt mit einem Weihnachtsbaum drauf an. Und es war ja nicht gerade so, dass Jesse besonders vom Geist der Weihnacht umweht war.

Taylor musste mein Blick aufgefallen sein, denn sie sagte plötzlich: »Du kannst sie ruhig fragen, das ist okay.«

»Was?« Ich packte mein Mittagessen aus und es war mir total peinlich, so leicht durchschaut worden zu sein.

Jesse versetzte Taylor unter dem Tisch einen Tritt und riss ihre blauen Augen auf.

»Lass das«, sagte Taylor. »Erzähl es ihr einfach.«

»Echt?«, fragte Jesse. »Und du versprichst, dass die Abmachung trotzdem gilt?«

Taylor nickte. »Versprochen. Annabelle ist cool. Für sie machen wir 'ne Ausnahme.«

»Worum geht's?«, wollte ich wissen.

»Bist du sicher?« Jesse wirkte etwas nervös.

Taylor ignorierte sie. »Du wunderst dich, warum sie immer grüne Sachen isst und grüne Klamotten trägt, stimmt's?«

Es war, als hätte sie meine Gedanken gelesen. »Na ja, es ist mir irgendwie schon aufgefallen.«

»Es fällt allen auf!«, erklärte Taylor und stieß Jesse mit dem Ellbogen an. »Das ist ja das Tolle daran!«

»Aua«, rief Jesse.

Taylor verdrehte die Augen. »Ach, komm schon. Ich weiß, dass das nicht wehgetan hat. Also, erzählst du's ihr?«

»Es ist wegen Taylor«, sagte Jesse. »Sie hat gesagt, wenn ich drei Monate lang jeden Tag in der Schule grüne Klamotten trage und nur Grünes esse – und mit niemandem außer meinen Freunden darüber rede –, dann nimmt sie mich in den Osterferien mit nach Rosarito.«

Ich sah Taylor an und versuchte herauszufinden, ob das ein blöder Witz war, aber sie saß einfach nur da und guckte ganz stolz und selbstzufrieden.

»Mir ist die Idee im Sommer gekommen«, klärte Taylor mich auf. »Weil Jesse die Farbe Grün so hasst, dachte ich mir, das wäre die optimale Herausforderung!«

Irgendwie schien mir das doch alles ziemlich verrückt. Ich wusste gar nicht, was ich zuerst fragen sollte. »Was hast du für ein Problem mit Grün?«, fragte ich schließlich.

»Die schrecklichsten Dinge sind grün«, meinte Jesse. »Rosenkohl, Brokkoli, Frösche, Schleim, Rotz …«

»Und jetzt du selbst«, säuselte Taylor zuckersüß, als sie ihren Arm um Jesse legte.

»Ich hab's fast geschafft. Nur noch zwei Wochen.« Jesse kicherte nervös und zuckte vor Taylor weg.

»Ich glaub nicht, dass ich das drei Monate durchhalten könnte«, sagte ich.

»Nicht einmal, wenn es um fantastische Ferien geht?«, fragte Jesse.

»*Warst* du schon mal in Rosarito?«, wollte Nikki wissen.

Ich schüttelte den Kopf.

»Es ist einfach der tollste Ort der Welt«, erklärte Taylor. »Meine Eltern fahren jedes Jahr in den Osterferien mit mir dahin und wir mieten immer eine Wohnung direkt am Strand. Und da ich ein Einzelkind bin und mich mit ihnen allein ganz schrecklich langweilen würde, darf ich immer eine Freundin mitnehmen. Aber nur eine und es ist so schwer, sich zu entscheiden. Hannah und Nikki waren schon mal mit, aber wir sind ja auch schon seit Ewigkeiten befreundet. Jesse ist immer noch irgendwie neu. Wir haben ihr erst letztes Jahr erlaubt, mit uns rumzuhängen, und sie muss sich immer noch bewähren. Aber

Annabelle, das darfst du niemandem sagen, klar? Das gehört zu dem Spaß dazu. Niemand sonst hier darf das wissen.«

»Aber warum?« Ich wollte nicht unhöflich sein, aber die Frage war mir durch den Kopf geschossen und ich wollte es einfach wissen.

Taylor und ihre Freundinnen starrten mich an, offensichtlich überrascht von der Frage.

»Was meinst du mit *warum*?«, entgegnete Taylor vorsichtig.

»Na ja, warum willst du, dass sie das macht? Ich bin nur neugierig.« Ich zuckte leicht mit den Schultern. »Warum nimmst du sie nicht einfach so mit?«

Taylor lächelte. »Na, das wäre doch nur halb so witzig! Außerdem ist es doch wichtig, dass man über sich selber lachen kann, richtig?«

Ich warf einen Blick auf Jesse, die sich auf ihrem Platz wand. Ihr war bestimmt nicht nach Lachen zumute. Im Grunde hatte ich sie so gut wie noch nie lächeln sehen. Ich dachte bislang immer, das sei nur ihr Charakter – oder eben der Mangel daran. Aber vielleicht war es ihr einfach nur superpeinlich, dass sie in der Schule jeden Tag Klamotten tragen musste, die sie nicht leiden konnte.

Mir gefiel die ganze Sache nicht wirklich, aber ich versuchte diese Gedanken zu verdrängen. Es war schon irgendwie schmeichelhaft, dass Taylor mir die Wahrheit anvertraut hatte, auch wenn diese Wahrheit ziemlich blöd war. Keine meiner Freundinnen wäre je darauf gekommen, dass dieser Grüntick von Jesse nichts anderes als Bestechung war. Wie schade, dass ich ihnen das nicht erzählen konnte.

»Jedenfalls, sobald die Sache bekannt wird, ist der Deal geplatzt«, sagte Taylor.

»Aber das ist unfair«, wehrte sich Jesse. »Du hast gesagt, für Annabelle machen wir eine Ausnahme!«

»Für sie ja, aber für sonst niemanden. Ich meine, wo wäre denn da der Spaß?«

Jesse wirkte nervös.

»Ich sag nichts«, beruhigte ich sie. »Ich verspreche es.«

»Schwörst du es?«

»Großes Indianerehrenwort.« Ich hob meine rechte Hand.

»Oh, Mann, Indianerehrenwort habe ich das letzte Mal in der dritten Klasse gegeben«, meinte Nikki und lachte, bis Taylor ihr einen bösen Blick zuwarf.

»Danke«, sagte Jesse und aß etwas von ihrem Algensalat.

»Das sieht eklig aus«, stellte Taylor fest.

Jesse rümpfte ihre Nase: »Es schmeckt noch schlimmer.«

Ich blickte zu meinen Freunden. Claire erzählte gerade eine Geschichte, die wildes Armgefuchtel und Beinahe-Ersticken beinhaltete, und alle kicherten.

»Hey, sag mal, hat Jason eine Freundin?«, fragte Taylor.

»Jason Russel? Mein Fast-Stiefbruder?«

»Ha«, Taylor lachte. »Gibt's noch einen anderen Jason?«

»Sind nicht ungefähr drei in unserer Stufe?«

»Vier, aber es lohnt sich bei keinem, über ihn zu reden«, erklärte Taylor. »Also, hat er?«

»Ich hab keine Ahnung.«

»Annabelle, wie ist es möglich, dass du solche wichtigen Details nicht kennst?«

»Äh, na ja, ich glaube, wir sind einfach noch nicht auf das Thema gekommen. Ich habe ihn aber noch nie mit irgendwelchen Mädchen gesehen. Meistens hängt er zusammen mit meinem Hund Pepper zu Hause rum. Aber er könnte theoretisch eine Freundin in der Schweiz haben. Wieso?«

»Nur so. Holt er dich wieder von der Schule ab?«, wollte Taylor wissen.
»Wieder?«
»Ich hab dich neulich auf dem Parkplatz gesehen«, meinte Taylor und wandte sich an die anderen. »Jason hat das coolste Auto.«
»Eigentlich gehört es seiner Mutter.«
»Und wenn schon. Wenn er kommt, meinst du, ihr könnt mich dann nach Hause fahren?«
»Du wolltest doch eigentlich mit zu mir kommen«, sagte Nikki. »Meine Mutter bringt uns zur Maniküre, hast du das vergessen?«
»Pah!«, schnaubte Taylor. »Ich hab's nicht vergessen. Aber wenn ich die Gelegenheit habe, Jason zu treffen, kann ich mir die nicht entgehen lassen.«
»Nicht mal für 'ne Maniküre? Sie hat sogar gesagt, wir könnten French Nails bekommen.« Nikki drehte sich zu mir um und sagte: »Die kosten zehn Dollar extra.«
Als ob ich das nicht wüsste!
Okay, ich wusste es nicht, na und?
»Das verstehst du nicht. Jason und ich kennen uns schon ewig.« Taylor wandte sich wieder an mich. »Also, was ist sein Ding?«
»Sein Ding? Was meinst du?«
In dem Moment gongte es zum Glück, denn ich hatte keine Ahnung, worüber Taylor redete, und als ich sie das nächste Mal sah, hatte sie es offenbar vergessen.
Sobald ich in Sport auftauchte, kam sie auf mich zu. »Ist es nicht total nervig, dass Miss Meyers uns im Chor nie gute Songs singen lässt? Ich mach mir allmählich Sorgen, dass sie damit meiner Gesangskarriere in die Quere kommt.«

»Und was würdest du lieber singen?«, wollte ich wissen.
»Du weißt schon – richtige Musik, die Leute auch tatsächlich hören.« Taylor warf lässig ihre Haare über die Schulter. »Pop und Hip-Hop. Oder wenigstens Songs aus coolen Musicals wie *Wicked* oder *Hairspray* anstatt dem langweiligen *Phantom der Oper* und irgendwelchen traditionellen Liedern. Ich überlege, Unterschriften dafür zu sammeln. Würdest du unterschreiben?«
»Äh, ich denke schon.«
Mir wäre im Leben nicht eingefallen, mich über etwas zu beschweren, was ein Lehrer uns beibrachte, und bewunderte Taylor echt für ihren Mut.
Als wir uns in zwei Volleyballmannschaften aufteilen sollten, fragte Rachel: »Okay, was ist los?«
Ich stellte mich dumm. »Was meinst du?«
»Mittagessen mit dem Feind?«
»Sie ist gar nicht so schlimm. Wir haben Thanksgiving zusammen verbracht.«
»Das kann nicht sein!«, rief Rachel.
»Nicht so laut! Ich wusste es vorher auch nicht, wir sind einfach bei ihren Eltern gelandet. Ihr Vater und Dussel sind zusammen aufs College gegangen.«
»Das glaub ich einfach nicht!«
»Oder vielleicht arbeiten sie auch nur zusammen. Ich weiß es nicht so genau.«
»Das doch nicht!«, sagte Rachel. »Ich kann nicht glauben, dass du mit Taylor Stansfield rumhängen musstest und mir noch nicht mal davon erzählt hast!«
Es gab einen Grund, warum ich es Rachel nicht gleich erzählt hatte: Ich hatte gewusst, dass sie so ausflippen würde.
Ich zuckte einfach mit den Schultern, als wäre es keine große

Sache. »Da gibt's nicht viel zu erzählen. Sie ist nicht so schlimm. Ich meine, am Anfang war es schon komisch, besonders weil Nikki auch noch da war. Aber am Ende war's sogar ganz lustig.«

»Wie ist das denn möglich?«, fragte Rachel.

»Wenn man sie mal kennenlernt, ist sie gar nicht so übel.« Ich warf einen Blick übers Spielfeld in Richtung Taylor, die sich mit Robbie unterhielt.

Rachel folgte meinem Blick. »Wahrscheinlich gibt der sich nur mit ihr ab, weil er ihre Unterwäsche sehen will.«

»Ach, komm schon«, sagte ich.

Rachel zuckte mit den Schultern. »Hey, du hast doch selbst gesagt, dass man sie immer sieht.«

»Ich habe nicht *immer* gesagt.«

»Bist du sicher?«, hakte Rachel nach. »Weil ich meine, du hättest es wohl gesagt.«

Wahrscheinlich habe ich eine Menge gemeiner Sachen gesagt. Aber nach Taylors Kommentar über meine haarigen Beine hatte es Spaß gemacht, fies zu sein. Und okay, ich muss zugeben, dass dieses ganze Drama schon etwas Aufregendes hatte. Offenbar wollte Rachel diesen Riesenstreit fortsetzen, aber ich hatte keine Lust, ewig weiterzugrollen. Außerdem war Taylor ja jetzt nett.

Genau in dem Moment schaute Taylor auf und merkte, dass wir zu ihr rübersahen. Sie winkte. Ich winkte zurück.

»Was machst du?«, fragte Rachel.

»Nichts«, antwortete ich. »Können wir jetzt Volleyball spielen?«

»Klar«, sagte Rachel. »Und vielen Dank, dass du gefragt hast, wie es mir geht.«

»Was?«

Rachel machte den Mund auf und zeigte auf ihre Zähne. Die Zahnspange! Wie hatte ich das nur vergessen können? Sie hatte sie doch erst gestern bekommen.
»Oje, Rachel. Es tut mir so leid! Ich bin völlig daneben.«
»Das habe ich gemerkt«, schnaubte sie.
»Tut's weh?«
»Ja, das tut's.« Sie verschränkte die Arme vor der Brust. »Na ja, es tut ein bisschen weh.«
»Sieht süß aus«, sagte ich.
»Ja, genau!«
»Nee, echt. Viele aus der Klasse haben Spangen, es ist doch keine große Sache.«
»Für dich vielleicht nicht. Deine Zähne sind perfekt!«
»Wie lang musst du sie tragen?«
»Es ist noch zu früh, das zu sagen, aber wenn ich Glück habe, zwei Jahre.«
»Das ist doch nicht so schlimm«, tröstete ich.
»Das ist ewig.« Ihre Schultern sackten zusammen. »Jackson hat schon eine ganze Liste schrecklicher Spitznamen: Drahtfresse, Lamettamaul, Metallmaul Mayer ...«
»Mayer?«
»Sie müssen keine Bedeutung haben. Sie sollen mich nur nerven«, erklärte Rachel. »Und das machen sie total. Und als wäre das noch nicht genug, lässt du mich jetzt für die Schreckliche T sitzen!«
»Ich lass dich nicht sitzen und sie ist gar nicht so schrecklich.«
»Das denkst du«, sagte Rachel. »Aber warte mal ab.«

KAPITEL VIERZEHN

Fiese Fragen

An dem Abend breiteten Mama und Dussel nach dem Essen die Einladungskarten für ihre Hochzeit über den gesamten Esstisch aus. Ich nahm eine. Das Papier war dick und cremefarben, die Ecken weich und ausgefranst – so als wären sie von jemandem zerrissen worden, der weiße Handschuhe und ein Ballkleid trug.

Als ich die Details in schönster Handschrift schwarz auf weiß las, erschien die Hochzeit plötzlich ganz real. Zumindest, bis meine Mutter und Dussel wieder zu streiten anfingen.

»Müssen wir wirklich alle deine Geschäftspartner aus der Firma einladen?«, fragte meine Mutter. »Ich habe bisher noch nie von einem Davis Patterson gehört.«

»Liebling, wir sind doch nur zu viert und ich kann unmöglich Larry und Brenda einladen und Davis nicht. Außerdem hast du auf deiner Liste auch Unmengen von Leuten, die ich überhaupt nicht kenne.«

Bevor sie weiter streiten konnten, klingelte das Telefon und meine Mutter stand auf und nahm ab. »Es ist für dich, Annabelle.«

»Ich nehme oben ab«, sagte ich und war froh, der Szene entkommen zu sein.

»Hallo?«, fragte ich eine Minute später, als ich im Schneidersitz auf meinem Bett saß.

»Hey, ich bin's, Taylor.«
»Echt?«
»Äh, klar.« Taylor lachte. »Ich habe mein Hausaufgabenheft vergessen und weiß nicht mehr genau, ob wir in Englisch was aufhaben.«
»Aber wir sind doch gar nicht im selben Kurs«, platzte es aus mir heraus.
»Ich weiß, aber du hast doch auch Mr Beller?«
»Musst du mich daran erinnern?«
»Du bist so witzig, Annabelle. Du weißt doch sicher, dass er allen Sechstklässlern die gleichen Hausaufgaben aufgibt, oder?«
Ich wusste es nicht, aber irgendwie war es logisch. »Warte mal, ich hole mein Hausaufgabenheft.«
Als ich wieder ans Telefon kam, sagte Taylor: »Hey, ich muss dich mal was fragen. Weißt du, ob es bei Joe und Emma ernst ist?«
»Was?«
»Na ja, sie gehen jetzt seit mehr als drei Wochen zusammen, da frage ich mich einfach, ob es ihnen ernst ist? Ich kenne da nämlich noch jemand, der ziemlich auf Joe steht. Ich kann dir nicht verraten, wer es ist, aber sie hat mich gebeten, es herauszufinden.«
Ich hatte keine Ahnung, was ich sagen sollte, also hielt ich den Mund.
»Und?«, hakte Taylor ungeduldig nach.
»Ich weiß es echt nicht.« Die Antwort schien mir am sichersten.
Sie seufzte, als hätte sie lieber etwas anderes gehört. »Ich überlege die ganze Zeit, was die beiden gemeinsam haben könnten. Emma ist so fleißig und Joe ist total verpeilt.«

»Er ist nicht verpeilt.«
»Na ja, ich weiß, dass er clever ist, aber cool ist er auch, findest du nicht?«, fragte sie.
»Kann sein.« Mir gefiel nicht, in welche Richtung das ging. Es schien so, als wollte sie sagen, dass Emma nicht cool wäre. Das brachte mich in eine blöde Situation. Ich hatte das Gefühl, meine Freundin eigentlich verteidigen zu müssen, aber das war schwierig, weil Taylor sie nicht wirklich beleidigt hatte.
»Ich hab echt keine Ahnung, was sie so toll an ihm findet. Ich meine, wegen ihr. Findest du nicht, zu ihr passt besser jemand, der ein bisschen … ernster ist?«
»Joe ist sehr ernsthaft«, sagte ich. »Wusstest du, dass er seine Jeans jeden Tag genau zwei Zentimeter umschlägt? Er misst das wirklich ab!«
»Wie bitte?« An der Schärfe, die in Taylors Stimme lag, merkte ich, dass ich die Geschichte besser für mich behalten hätte.
»Ich habe auch erst gedacht, das wäre verrückt, aber wenn man so darüber nachdenkt, ist es eigentlich total süß.«
»Willst du mir damit etwa sagen, dass sie ihn nur mag, weil er seine Jeans so schön umschlägt?«
Als Taylor das sagte, wirkte es ziemlich bescheuert, aber so hatte ich das nicht gemeint.
»Das ist nicht der einzige Grund, warum sie ihn mag«, erwiderte ich. »Es ist nur eines der Dinge, die sie süß findet.«
Das Schweigen am anderen Ende machte mich total nervös.
»Ach, weißt du, vergiss es einfach, vielleicht habe ich mich einfach nur verhört.«
»Wie auch immer. Es ist nur so, dieses andere Mädchen, das ich kenne, sie und Joe würden absolut perfekt zusammenpassen.«
Es klang so, als wollte Taylor mir sagen, dass Jesse Joe immer

noch mochte. Mir fiel der Zettel ein, den Jesse ihm beim Mittagessen gegeben hatte. Und dass ich sie heute Nachmittag nach Mathe gemeinsam im Gang gesehen hatte. Lief da etwa was zwischen den beiden?
Plötzlich fand ich diesen Anruf gar nicht mehr so aufregend.
»Und, wen findest du hübscher, Emma oder Jesse?«, fragte Taylor.
Hinter Emmas Rücken wollte ich nicht über sie reden, aber ich musste antworten. »Das kann ich nicht wirklich sagen. Sie sehen so unterschiedlich aus.« Das stimmte, und was noch besser war – es war eine sichere Antwort. Jesse hatte dunkles Haar mit ziemlich auffälligen blonden Strähnchen und blaue Augen. Außerdem war sie klein, wie ich. Emma hatte dunkle Haare und große braune Augen. Sie war weder groß noch klein – eher durchschnittlich. Sie waren beide ziemlich still, aber Jesse war still und mürrisch, während Emma still und nachdenklich war.
»Ich glaube, weil Joe dunkles Haar hat, sähe er süß mit einer blonden Freundin aus«, meinte Taylor. »Oder zumindest mit einer, die etwas blond ist.«
Okay, es gab keine Zweifel mehr, worüber Taylor sprach. »Aber es geht doch nicht nur ums Aussehen«, widersprach ich. »Emma und Joe haben eine Menge gemeinsam.«
Ich ließ keine weiteren Informationen raus. Irgendetwas sagte mir, dass Taylor die Tatsache, dass Emma Joes in der Sonne glänzende Zahnspange gefiel, nicht besonders wohlwollend aufnehmen würde. Oder, dass sie Claire gebeten hatte ihr beim Entwurf eines Anzugs für Joes zahme Ratte Darwin zu helfen, als Geburtstagsüberraschung. (Wobei ich keine Ahnung hatte, ob es dabei um Joes Geburtstag oder um Darwins ging.)
Zum Glück schien Taylor das Thema zu langweilen und sie

redete einfach weiter. »Hey, ich hab ganz vergessen, dir was zu erzählen. Wir haben nach der Schule über dich und deine Freundinnen geredet und waren uns einig, dass du die hübscheste von euch bist.«

Ich wusste nicht, was ich *dazu* sagen sollte. Ich war viel zu sehr damit beschäftigt, das idiotische Grinsen zu unterdrücken, das sich auf meinem Gesicht ausbreitete. Taylor und ihre Freundinnen waren die beliebtesten Mädchen der ganzen sechsten Jahrgangsstufe. Sie waren der Typ Mädchen, die den Leuten auffielen. Und jetzt fiel ich ihnen auf. Aber Moment mal. Irgendwie schien es nicht richtig, Leute nach dem Aussehen zu sortieren.

»Hallo?«, fragte Taylor.

Oh – ich hatte wohl zu lange geschwiegen. »Tut mir leid. Äh, danke.«

»Keine Ursache«, sagte Taylor. »Du, jetzt klingelt es auf der anderen Leitung. Ich muss Schluss machen. Aber wir sehen uns ja morgen, 'kay?«

»'kay.«

Erst als ich schon aufgelegt hatte, merkte ich, dass mein Hausaufgabenheft noch immer auf meinem Schoß lag. Ich hatte vergessen, Taylor die Englischhausaufgaben zu sagen. Ich dachte kurz daran, sie zurückzurufen, aber dann ließ ich es doch bleiben.

Irgendetwas sagte mir, dass sie die eigentlich gar nicht wirklich gebraucht hatte.

KAPITEL FÜNFZEHN

Schaum der Panik

Am Samstag hatte ich meine letzte Kleidanprobe. Zumindest hoffte ich, dass es endgültig die letzte war. Wir waren vorher schon zweimal bei der Schneiderin gewesen und das war weder besonders aufregend noch spaßig. Außer mein Kleid zu tragen und einfach dazustehen, während diese Dame mit den hoch auftoupierten Haaren Kreidemarkierungen machte und überall Nadeln in den Stoff steckte, durfte ich noch zusehen, wie sie das Gleiche bei dem Hochzeitskleid meiner Mutter machte.

Trotzdem hatte es etwas Gutes. Meine Mutter und ich verbrachten kaum mehr Zeit zusammen. Und heute musste ich über was wirklich Wichtiges mit ihr reden. Ich wartete, bis wir fertig waren und uns gerade auf den Heimweg machen wollten.

Wir waren noch nicht losgefahren, aber schnallten uns gerade an, als es aus mir herausplatzte: »Ich glaube, ich möchte anfangen, mir die Beine zu rasieren.«

»Du glaubst es?« Meine Mutter schaute mich an.

»Ich meine, ich will es wirklich.«

»Wie kommt's?«, fragte sie, als sie vom Parkplatz herunterfuhr.

Ich ließ mich tiefer in den Sitz sinken und zuckte die Schultern.

»Weil ich haarige Beine habe«, sagte ich. »Und weil ich es einfach will. Es wird Zeit.«
»Okay«, erwiderte sie nur. »Ich zeig dir, wie es geht, wenn wir zu Hause sind.«
»Es ist nicht so, dass es eine große Sache ist, oder so. Die meisten Mädchen in meiner Stufe rasieren sich schon.«
»Die meisten?«, fragte Mama nach.
»Na ja, viele. Mehr als die Hälfte, da bin ich sicher. Ich meine, ich habe keine Umfrage gemacht, oder so …«
Meine Mutter lächelte und fuhr auf den Parkplatz eines Drogeriemarkts.
»Ich dachte, wir fahren nach Hause.«
»Machen wir. Ich muss dir nur schnell einen Rasierer kaufen.«
Okay … meine Güte, das ging schnell. »Du meinst, ich darf es wirklich machen?«, fragte ich. »Sofort?«
Sie zuckte mit den Schultern. »Warum nicht? Es sind deine Beine und du bist alt genug, das zu entscheiden. Jetzt ist genauso gut wie jeder andere Zeitpunkt. Ted und Jason sind den ganzen Tag wandern in Malibu, also haben wir unsere Ruhe. Wir können in mein Badezimmer gehen, weil da die Wanne größer ist.«
»Okay.« Ich war froh, dass meiner Mutter klar war, dass ich eine so peinliche Sache wie Rasieren nicht lernen konnte, solange Ted und Jason im Haus waren. Ich hatte eigentlich vorgehabt, zu warten, bis Jason wieder in der Schweiz war, aber ich wollte für die Hochzeit gerne glatte Beine haben, und bis dahin waren es nur noch zwei Wochen.
So gerne ich es wollte, so nervös machte es mich, dass es bald passieren würde. Ich hatte mich fast nicht getraut, überhaupt zu fragen. Aber gleichzeitig war ich auch aufgeregt.

Zwanzig Minuten später saß ich auf dem Rand von Mamas Badewanne. Ich hatte mir meinen blauen Badeanzug angezogen, weil … na ja, einfach nur, weil es mir in dem Moment sinnvoll erschienen war. Jetzt kam ich mir blöd vor, aber zum Glück sagte meine Mutter nichts.

Sie saß auf dem Klodeckel und packte den Rasierer aus. Er war grün und hatte einen pinkfarbenen Streifen auf dem Griff, außerdem gab es drei zusätzliche Rasierklingen. Mama sagte, dass sie mir später noch zeigte, wie man sie wechselte.

»Wichtig ist, dass du immer dran denkst, dass Rasierklingen scharf sind. Du musst immer vom Knöchel aus rasieren und dann nach oben ziehen. Du darfst den Rasierer nie seitwärts bewegen, sonst schneidest du dich. Und versuche nie, eine Rasierklinge mit der Fingerspitze sauber zu machen. Ich hab das einmal probiert, als ich so alt war wie du, und hab mir ordentlich in den Daumen geschnitten. Das ist nicht lustig! Oh, und denk daran: Je neuer eine Rasierklinge ist, umso schärfer ist sie, und das ist gut!«

Mir lief unbewusst ein Schauer über den Rücken. »Äh, bist du sicher? Auch beim ersten Mal?«

Meine Mutter lächelte. »Ich weiß, es ist gruselig, über scharfe Rasierklingen nachzudenken, aber mit einer stumpfen Klinge schneidet man sich viel eher. Okay?«

»Wenn du das sagst.«

»Ich benutze eigentlich immer nur Seife, aber ich habe dir Rasierschaum gekauft.« Sie reichte mir eine rote Dose. »Dann leg mal los.«

»Mit welchem?« Ich starrte auf meine Beine, die aus meinem Badeanzug herausstakten. Sie wirkten so klein und dünn – und gar nicht mehr haarig. Sie taten mir fast leid – wenn einem einzelne Körperteile leidtun konnten.

»Das ist egal. Wir machen beide«; sagte Mama.
Sie nahm die Sache richtig ernst. Ich wählte das linke Bein und drückte auf die Dose. Der Schaum kam heraus wie Sahne, die komisch roch. Ich schmierte mir das Bein bis kurz unters Knie ein und sah sie an. »Wie hoch soll ich gehen?«
»Das ist deine Entscheidung«, sagte sie. »Als ich so alt war wie du habe ich mich nur bis kurz unters Knie rasiert, aber wenn du willst, geh einfach höher, das ist auch okay. Die Knie sind allerdings ein bisschen tückisch. Die sind etwas uneben, da schneidet man sich eher.«
Ich beschloss, nicht höher zu gehen. Zumindest nicht jetzt sofort.
Sobald ich mit dem Einseifen fertig war, rollte meine Mutter ihre Hosenbeine hoch, hielt den Rasierer etwa einen Zentimeter von ihrem Bein weg und zeigte mir, was ich tun musste.
»Halt dein Hand ruhig und versuch dein Bein nicht zu bewegen«, sagte sie und zog den Rasierer in einer geraden Linie von ihrem Knöchel aus bis zur Wade. »Du musst gar nicht feste drücken.«
Das klang nicht so schwer.
»Und du musst keine Angst davor haben, dich zu schneiden. Wenn es tatsächlich passiert, dann blutet es zwar, aber es tut nicht sehr weh.«
Klar, jetzt, wo sie von der Möglichkeit, mich zu schneiden, sprach, wurde ich wieder nervös.
»Bist du bereit?«, fragte sie und hielt mir den Rasierer hin.
»Sicher.« Ich schluckte und nahm ihn, aber meine Hand zitterte dabei. Ich setzte die Klinge an meinen Knöchel. Es war kalt, tat aber nicht weh. Ich nahm die Klinge wieder weg und kontrollierte vorsichtshalber, ob sie blutig war. Sie war sauber.

So weit, so gut. Ich holte tief Luft und konzentrierte mich darauf, meine Hand ruhig zu halten. Dann setzte ich den Rasierer wieder auf meine Haut und zog ihn langsam mein Bein hoch. Die Klinge nahm den ganzen Schaum mit und hinterließ einen sauberen Streifen. Einen glatten Streifen – ich konnte gar nicht glauben, wie einfach und schmerzlos die ganze Sache war.

»Und das ist schon das ganze Geheimnis.« Meine Mutter drehte den Wasserhahn auf und zeigte mir, wie man die Klinge ausspülte.

Ich zog weitere Streifen, bis der ganze Rasierschaum weg war. Sobald ich mein linkes Bein fertig hatte, schäumte ich das rechte ein und schaffte auch das zu rasieren, ohne mich zu schneiden.

»Siehst du, du bist ein Naturtalent«, sagte meine Mutter. »Und jetzt wirst du schöne glatte Beine für die Hochzeit haben.«

»Falls es eine Hochzeit gibt«, murmelte ich.

Mama sah mich seltsam an. Moment mal, hatte ich das laut gesagt?

»Soll das ein Witz sein, Annabelle?«

»Nein«, erwiderte ich. »Es ist nur … na ja, du und Ted, ihr habt so viel gestritten …«

»Wovon redest du? Wir streiten doch nicht.«

»Doch, das macht ihr – über alles: deinen Namen, die Gästeliste, die Blumen …«

»Wir haben uns nie wegen der Blumen gestritten.«

»Ja, noch nicht.«

Mama seufzte. »Ach Liebling, ich muss zugeben, eine Hochzeit zu planen ist stressig, aber diese Streitereien sind nicht wirklich wichtig. Wir streiten nicht darüber, ob wir zusammen sein wollen oder nicht. Das verspreche ich. Aber du kannst nicht erwarten, dass man immer wunderbar miteinander auskommt.«

»Gut, aber wie wäre es denn wenigstens mit manchmal?«

»Wir kommen doch meist miteinander aus. Das weißt du doch.« Mama legte mir den Arm um die Schultern. »Bitte glaub mir. Ted und ich lieben uns sehr. Ich würde das ganze hier nicht durchziehen, wenn ich mir nicht zu hundert Prozent sicher wäre, dass wir soweit sind. Und das fühlen wir beide so. Du weißt doch, dass es in jeder Beziehung Höhen und Tiefen gibt, oder?«

»Wahrscheinlich.«

»Hast du deshalb Rachel noch nicht eingeladen? Weil du dachtest, dass wir die Hochzeit absagen?«

Eigentlich hatte ich einfach vollkommen vergessen, Rachel einzuladen. Aber ich wollte nicht, dass meine Mutter das traurig machte. Offensichtlich war diese Hochzeitsgeschichte eine ziemlich große Sache für sie. Also zuckte ich nur die Schultern.

»Mach dir keine Sorgen. Wir bringen diese Zeremonie hinter uns und dann ist alles wieder normal.«

Ich hoffte, dass sie recht hatte.

Mama ließ mich allein, damit ich duschen konnte. Ich überprüfte sorgfältig, dass ich keine Spuren in der Badewanne zurückließ. All die kleinen weißblonden Härchen waren verschwunden, auf Nimmerwiedersehen den Abfluss runtergespült.

Nachdem ich mich abgetrocknet hatte, gab meine Mutter mir eine Creme mit Mangoduft für meine Beine. Dadurch fühlten sie sich ganz seidig und weich an und rochen wie ein Smoothie.

Ich nahm den Rasierer, die zusätzlichen Rasierklingen und

den Rasierschaum und verstaute sie ganz hinten in meiner Unterwäscheschublade. Wenn Jason weg war, würde ich sie ins Badezimmer stellen, aber bis dahin – na ja, ein paar Dinge waren einfach zu intim.

KAPITEL SECHZEHN

Doppelter Ärger

Abends rief ich Rachel an und sagte: »Rate mal!«
»Außerirdische sind in deinem Garten gelandet.«
»Ne, das hatten wir doch letztes Mal schon.«
»Also gut, äh, lass mich mal ’ne Sekunde überlegen. Okay – du hast die letzte Kuh eurer Familie gegen drei magische Bohnen getauscht und alle haben sich darüber aufgeregt, bis du sie in den Garten gepflanzt hast und diese riesige Bohnenranke gewachsen ist und dann …«
»Fast«, unterbrach ich sie. »Meine Mutter und Dussel haben mir erlaubt, dass ich eine Freundin zu ihrer Hochzeit einladen darf.«
»Oh, cool, vielen Dank!«, sagte Rachel. Dann hielt sie inne. »Warte mal, du hast mich doch gerade eingeladen, oder?«
Ich grinste. »Natürlich!«
»Ich war noch nie auf einer Hochzeit«, meinte sie. »Ich muss erst meine Mutter fragen, aber ich bin sicher, sie erlaubt es.«
Genau in dem Moment rülpste jemand ins Telefon.
»Lass das, Jackson«, rief Rachel.
»Woher wusstest du, dass ich das war?« Er lachte.
»Ähm, vielleicht weil in diesem Haus sonst niemand so widerlich ist?«
»Ich muss telefonieren«, sagte er.
»Aber jetzt telefoniere ich.«

»Ihr redet doch nur über blöde Märchen.«
»Du hast gelauscht!«
»Beeil dich einfach.«
»Ist schon okay«, sagte ich. »Ich muss jetzt eh Schluss machen.«
»Okay«, sagte Rachel. »Tschüss!«

Am Montag trug ich in der Schule Jeans. Nicht weil mir meine Beine peinlich waren – sie sahen schön und glatt aus. Ich wollte nur nicht, dass jeder sofort sehen konnte, dass ich angefangen hatte mir die Beine zu rasieren. Taylor sollte nicht denken, ich hätte nur damit angefangen, weil sie vor einigen Wochen diese Bemerkung gemacht hatte.
Es war ein komisches Gefühl, als ich mir am Ende des Tages in Sport Shorts anzog. Aber falls Taylor meine glatten Beine aufgefallen waren, dann hatte sie sich nichts anmerken lassen. Wir spielten jetzt nicht mehr Volleyball, weil jemand in den Geräteraum eingebrochen war und alle Netze geklaut hatte. Bis die ersetzt wurden, mussten wir was anderes machen. Miss Chang hatte verkündet, dass wir uns mit Gymnastik warm machen würden, um danach joggen zu gehen. Wir fingen mit Sit-Ups an, das bedeutete, wir mussten uns einen Partner suchen.
Taylor drehte sich um und fragte, ob ich mich mit ihr zusammentun wolle.
Ich hätte gerne Ja gesagt, merkte dann aber, dass Rachel mich von der anderen Seite der Halle anstarrte. Sie sah irgendwie nervös aus. »Äh, ich habe Rachel schon versprochen, mit ihr zusammen zu machen. Tut mir leid.«
»Kein Problem.« Taylor zuckte mit den Schultern.
Ich stand auf und ging zu Rachel. Sie schien ganz froh zu

sein, dass ich mich für sie entschieden hatte, aber sie sagte es nicht laut.
»Willst du zuerst?«, fragte sie.
»Klar.«
Kaum lag ich auf dem Rücken, beugte Rachel sich vor und legte ihre Hände auf meine Schuhe. »Hey, wann hast du angefangen dich zu rasieren?«, wollte sie wissen.
»Erst letztes Wochenende. Ich hatte meine haarigen Beine satt, und dann ist ja auch bald die Hochzeit … Na ja, mein Kleid ist kurz. Nicht wirklich kurz. Es geht bis zu meinen Knien, aber ich dachte, es wäre eine gute Idee.«
Rachel schnaubte spöttisch. »Ich hoffe, das bedeutet nicht, dass du dich in einen Taylorklon verwandelst.«
Die Trillerpfeife ertönte, also fing ich mit den Sit-Ups an.
»Du rasierst deine Beine doch auch«, sagte ich.
»Na ja, schon, aber ich habe damit angefangen, weil ich es wollte. Nicht deshalb, weil es mir jemand gesagt hat.«
»Mir hat es auch niemand gesagt«, erwiderte ich, aber natürlich überzeugte Rachel das nicht.
Sie warf Taylor, die sich am anderen Ende der Halle und – hoffentlich – außer Hörweite mit Robbie zusammengetan hatte, einen bösen Blick zu. »Ich hasse es einfach, dabei zuzusehen, wie sie Leute herumschubst.«
»Sie schubst mich nicht herum.«
»Das denkst du«, sagte Rachel. »Aber du kennst Taylor einfach nicht.«
Ich setzte mich auf und war sauer, dass Rachel aus so einer Kleinigkeit so eine große Sache machen musste. Außerdem war ich beim Sit-Ups zählen durcheinandergekommen. »Na ja, ich kenne sie schon ein bisschen und sie scheint eigentlich ganz nett zu sein.«

»Das denkst du nur. Taylor ist hinterlistig, und ...«

»Wenn du das so erzählst, klingt das, als wäre sie ganz schrecklich«, sagte ich. »Aber das ist sie nicht. Und sie wollte sich sogar mit mir zusammentun, aber ich habe ihr gesagt, ich würde lieber mit dir Sit-Ups machen.«

»Ach ja, und? Soll ich jetzt dankbar sein, oder was? Als hättest du Zeit mit der tollen Taylor Stansfield geopfert, um stattdessen mit mir zusammen zu sein? Vielen Dank, Annabelle, aber ich brauche dein Mitleid nicht.«

»So habe ich das nicht gemeint.«

Beim nächsten Pfiff tauschten wir die Plätze und Rachel absolvierte schweigend ihre Sit-Ups.

Wir sprachen auch nicht, während wir Hampelmänner machten.

Als wir Richtung Laufbahn gingen, um unsere Runden zu drehen, rannte Taylor auf mich zu. »Annabelle!«, rief sie und packte meine Hand. »Ich hätte fast vergessen, dir zu erzählen, dass wir eine Einladung zur Hochzeit deiner Mutter bekommen haben. Das ist großartig! Ich bin so aufgeregt! Meine Mutter geht mit mir dieses Wochenende ein Kleid kaufen. Ich denke an Pink. Natürlich kein grelles Pink. Das wäre zu protzig, besonders für eine Winterhochzeit. Ich meine eher malvenfarbig. Aber Rot wäre auch heiß. Besonders wenn Jason da ist.«

Ich konnte nicht anders, ich musste grinsen. Ich hatte keine Ahnung gehabt, dass Taylor auch zur Hochzeit eingeladen war, und hätte nicht gedacht, dass sie deshalb so aufgeregt wäre. »Das klingt toll.«

»Kann ich mal vorbeikommen und mir dein Kleid anschauen?«

»Das ist noch bei der Schneiderin«, antwortete ich.

»Oh. Na, dann sollten wir uns mal treffen und überlegen, wie wir unsere Haare machen«, sagte Taylor.
»Okay, klar.«
»Super. Ich ruf dich an, 'kay?« Sie winkte ihr Wackelfinger-Winken und sauste davon.
»Du hast Taylor zur Hochzeit deiner Mutter eingeladen?«, fragte Rachel, als wir losjoggten.
»Nee, meine Mutter und Ted müssen sie eingeladen haben.«
»Das ist echt ätzend. Ich kann nicht glauben, dass sie auch kommt. Ich wünschte, du hättest es mir gesagt.«
»Ich hatte keine Ahnung, aber du kommst doch trotzdem, oder?«, wollte ich wissen.
»Na ja, schon, ich hab dir doch schon zugesagt, aber es ist irgendwie heuchlerisch, oder? Du hast Taylor genauso gehasst wie wir, und jetzt ist sie auf einmal deine beste Freundin?«
Ich konnte nicht fassen, dass Rachel sich so aufführte. »Wir sind doch keine besten Freunde. Und ich habe sie auch nicht gehasst. Ich habe sie einfach für arrogant gehalten, ohne dass ich sie überhaupt gekannt habe. Ich darf doch wohl meine Meinung über jemanden ändern, oder?«
Rachel seufzte.
»Also, was willst du damit sagen? Wenn ich mit Taylor befreundet bin, kann ich nicht mit dir befreundet sein?«
»Das habe ich nie so gesagt.«
»Aber so führst du dich auf.«
»Ich führe mich überhaupt nicht auf, ich bin nur ehrlich. Es ist kompliziert.«
»Das muss es nicht sein. Taylor ist es egal, mit wem ich befreundet bin.«
»Vielleicht solltest du dann einfach deine Zeit mit Taylor verbringen«, sagte Rachel.

Plötzlich sprintete sie los. Ich hätte sie einholen können, wenn ich es gewollt hätte. Aber ich wurde stattdessen langsamer. Offenbar hatte Rachel ein Riesenproblem mit Taylor. Aber wer sagte denn, dass der Feind meiner Freundin auch mein Feind sein musste?

KAPITEL SIEBZEHN

Richtig schlechte Entscheidungen

»Komm mit«, sagte Claire und packte meinen Arm, sobald ich in der Mittagspause zu unserem Tisch kam. »Wir können hier nicht mehr sitzen.«

Ich blickte auf unsere leere Tischhälfte. Die ganzen Hotdog-Jungs saßen zusammengedrängt auf ihrer Seite, bis auf Joe. Er war nicht zu sehen, Emma, Rachel und Yumi ebenso wenig. Ich hatte ein blödes Gefühl deswegen. »Was ist los?«, fragte ich, obwohl ich mich vor der Antwort ein bisschen fürchtete.

»Es ist wegen Emma«, flüsterte Claire und bedeutete mir, ihr zu folgen. »Sie wird es erklären.«

Wir sausten zu den Toiletten, wo wir Emma mit verweinten Augen und verquollenem Gesicht fanden. Rachel und Yumi hatten sie in die Mitte genommen. Rachel kochte vor Wut.

»Was ist passiert?«, wollte ich wissen.

Emma schnäuzte sich und war nicht in der Lage zu sprechen, dafür war sie viel zu fertig.

»Joe hat mit ihr Schluss gemacht«, erklärte Yumi.

»Und er hatte noch nicht mal den Mut, ihr das persönlich zu sagen«, sagte Rachel.

»Ich habe die Nachricht in meinem Spind gefunden«, stieß Emma schniefend hervor.

»Er hat mit dir *per Brief* Schluss gemacht?«

Rachel reichte mir ein Stück verknittertes Papier.

Die Schrift war die gleiche, aber diesmal hatte Hotdog-Joe blaue Tinte verwendet.

Liebe Emma, ich habe viel nachgedacht
und muss eine Weile allein sein.
Also müssen wir Schluss machen.
Von Joe

»Er hat mit ›von‹ statt mit ›mit freundlichen Grüßen‹ unterschrieben«, stellte Emma fest – nicht dass sie uns darauf hätte hinweisen müssen. Es war das Erste, was mir aufgefallen war, zusammen mit dem Farbwechsel.
»Mir war nie klar, wie sehr ich dieses ›mit freundlichen Grüßen‹ geliebt habe, und jetzt werde ich nie wieder eins von ihm lesen«, heulte Emma. »Nie mehr!«
Rachel legte ihren Arm um Emma. »Das ist richtig bescheuert. Es tut mir so leid, Emma. Er ist ein Blödmann. Er ist schlimmer als ein Blödmann. Er ist ein völliger Schwachkopf.«
Emma schniefte. »Er *ist* ein Schwachkopf, aber ich mag ihn trotzdem noch. Und jetzt ist er wieder mit J-J-Jesse zusammen.« Ihr liefen die Tränen übers Gesicht und sie schnäuzte sich in ein Stück Toilettenpapier.
In dem Moment hörten wir die Tür zu den Toilettenräumen aufgehen. Ein Mädchen in roten Cowboystiefeln wollte rein, aber Claire wimmelte sie ab. »Die Toiletten sind geschlossen. Du kannst nicht rein.«
»Aber ich muss mal«, sagte sie.
»Hier sind alle Toiletten verstopft.«
Das Cowboystiefelmädchen starrte Emma an. »Das sind sie nicht.«
»Doch, das sind sie. Und meiner Freundin hat es deshalb das

Herz gebrochen«, erklärte Claire mit einem absolut ernsten Gesicht.
»Wenn du meinst.« Sie verdrehte die Augen und ging.
Ich las den Brief noch einmal, vollkommen verwirrt. »Wie kann Hotdog-Joe mit Jesse gehen, wenn er Zeit für sich alleine braucht?«
»Genau. Das ist ja das Schlimmste daran. Er war noch nicht mal zwei Stunden Single, bevor er sie gefragt hat, ob sie mit ihm geht«, sagte Yumi.
»Aber ich dachte, Jesse geht mit Oliver.«
»Sie haben gestern nach der Schule Schluss gemacht.«
»Mich wundert, dass du davon nichts gewusst hast«, meinte Rachel. »Denn wahrscheinlich arbeiten Jesse und Taylor schon seit einer ganzen Weile daran. Wahrscheinlich seit Emma und Joe zusammengekommen sind.«
»Warte mal. Du meinst, sie haben das alles *geplant*?«, fragte ich.
»Es sieht ganz danach aus«, sagte Yumi
»Haben sie dir gegenüber nie etwas erwähnt?«, hakte Rachel nach.
»Nein!«
»Schwörst du es?«, fragte sie.
Claire kam mir zu Hilfe. »Komm schon, Rachel. Natürlich wusste Annabelle nichts davon. Wenn sie etwas gewusst hätte, hätte sie uns das doch erzählt.«
Rachel schien das nicht wirklich zu überzeugen. Sie verschränkte die Arme vor der Brust und sah mich böse an. »Du behauptest also, Taylor hätte niemals anklingen lassen, dass Jesse Joe immer noch mag?«
»Nein«, antwortete ich, aber dann fiel mir das Telefongespräch mit Taylor wieder ein. Sie hatte es nicht direkt gesagt, aber

doch genug Hinweise gegeben, die es offensichtlich machten. Hätte ich Emma von der Unterhaltung erzählen sollen? *War* das meine Schuld?

Rachel warf einen kritischen Blick auf die Uhr. »Emma, du solltest dir dein Gesicht waschen. Die nächste Stunde fängt gleich an und du solltest deine Augen etwas trocknen lassen.«

Emma spritzte sich kaltes Wasser ins Gesicht und trocknete es mit einem rauen Papierhandtuch ab.

»Sieht man, dass ich geweint habe?«, wollte sie wissen. »Ich will nicht, dass jeder sofort Bescheid weiß, wenn ich in Französisch komme.«

Emmas Gesicht war rot und sie hatte glasige Augen. Sie sah aus wie ein Wrack, aber das wollte ihr niemand sagen.

»Sag einfach allen, du hättest furchtbaren Heuschnupfen«, schlug Rachel vor.

Aber das brachte sie gleich wieder zum Weinen.

»Wirklich schlimmen Heuschnupfen«, versuchte es Yumi.

Emma ging zum Waschbecken zurück und drehte das Wasser wieder auf, deshalb hörten wir nicht, dass die Tür aufging.

Nicht, bevor es zu spät war.

Jemand sagte: »Das kann nicht sein! Ich hab ihr doch gesagt, sie soll es lassen.«

Die Stimme kannten wir alle. Es war Taylor. Nikki, Hannah und Jesse standen direkt hinter ihr. Als wir uns gegenseitig mit Blicken durchbohrten, wurde es ganz still auf den Mädchentoiletten.

»Könnt ihr uns vielleicht mal in Ruhe lassen?«, fragte Rachel.

Hannah und Jesse drehten sich um und wollten gehen, aber Taylor hielt sie zurück. Dann verschränkte sie ihre Arme vor der Brust. »Nein, können wir nicht. Das sind öffentliche Toiletten.«

»Es gibt noch drei andere«, erwiderte Rachel.

Taylor ignorierte sie und sah Emma an, die wie versteinert dastand.

»Hast du etwa wegen Joe geheult?« Taylors Stimme klang härter, als ich sie je gehört hatte. Und dann lachte sie auch noch. »Das ist ein Witz, oder?«

»Warum sollte sie deshalb nicht fertig sein?«, fragte Claire. »Jesse hat ihn ihr schließlich gestohlen.«

»Ich habe ihn nicht gestohlen«, sagte Jesse und verdrehte die Augen. »Er war ganz von selbst bereit, dich für mich sitzen zu lassen.«

»Aber warum Joe? Du hattest doch schon einen Freund«, heulte Emma.

Jesse zuckte nur die Schultern. »Aber ich wollte einen anderen.« Sie sagte das so gleichgültig, als würde sie Baseballkarten tauschen. »Du musst da echt drüber wegkommen. Es ist doch gar keine große Sache. Wir waren zuerst zusammen, und überhaupt hat Annabelle uns erzählt, mit euch beiden wäre es sowieso nichts Ernstes gewesen.«

Plötzlich starrten mich alle an. Ich fühlte mich, als hätte ich plötzlich eine Tonne Steine im Magen. »Das habe ich nie gesagt!«

»Nicht zu mir, aber das hast du Taylor erzählt«, sagte Jesse.

»Nein, das stimmt nicht.«

Taylor grinste. »Doch, natürlich stimmt das. Erzähl mir nicht, du hättest unser Telefonat schon vergessen. So lange ist es noch nicht her.«

Emma starrte mich verwirrt und verletzt an.

Nein, das war alles komplett falsch. Das konnte nicht wahr

sein. Ich drehte mich abrupt von Jesse zu Taylor. »Ich habe gesagt, ich weiß nicht, ob es ihnen ernst ist. Das weißt du ganz genau. Sag ihnen, dass ich das gesagt habe.«

Taylor zuckte nur die Schultern. »Das spielt doch eh keine Rolle. Jesse betet Joe an. Sie ist nicht einfach eine Streberin, die ihn nur mag, weil er seine Jeans umschlägt.«

Emma stieß einen überraschten, kurzen spitzen Ton aus. Sie klang wie Pepper, als meine Mutter ihm versehentlich einmal auf die Schwanzspitze getreten war. »Du hast ihr das erzählt?«

»Nein. Ich meine, nicht genau so ...«

Meine Freunde starrten mich an und warteten auf eine Antwort. Aber wie konnte ich auch nur anfangen, das zu erklären?

Ich konnte nicht fassen, dass Taylor mich in so eine Lage brachte, mich so gemein aussehen ließ. Als wäre ich jetzt die Böse.

Der Gong ertönte, aber niemand bewegte sich. Es war zu still. Ich musste alles wieder in Ordnung bringen.

Ich warf einen Blick auf Jesse, die schwarze Leggings und eine knallgrüne Bluse trug. Wie konnte sie mich nur so hintergehen, während ich doch das Geheimnis für mich behalten hatte? Es war einfach nur unfair.

In mir stieg tiefe Wut auf und bevor ich es richtig merkte, posaunte ich es auch schon heraus: »Hey, wisst ihr, warum Jesse immer grüne Sachen anhat und Grünzeug isst?«

»Nein!«, schrie Jesse und hob die Hände.

Ich grinste. »Der Grund dafür ist, dass Taylor sie im Grunde bestochen hat. Sie hat nämlich gesagt, dass sie Jesse in den Osterferien mit nach Rosarito nimmt, wenn sie drei Monate lang jeden Tag grüne Klamotten trägt und grüne Sachen isst, ohne irgendjemandem davon zu erzählen. Könnt ihr euch so was vorstellen?«

Jesse wandte sich an Taylor. »Das zählt nicht. Ich hab's fast geschafft, es fehlen nur noch ein paar Tage. Du musst mich trotzdem mitnehmen.«

Taylor sah von mir zu Jesse und zuckte nur mit den Schultern. »Ich muss gar nichts. Regeln sind Regeln und du hast verloren. Du kannst dich bei Annabelle dafür bedanken.«

Jesses Augen füllten sich mit Tränen und sie biss sich auf die Lippe. Nikki und Hannah schüttelten nur die Köpfe, so als könnten sie nicht fassen, was ich gerade getan hatte. Das war verrückt, weil sie doch diejenigen waren, die Emmas Freund geklaut hatten.

Bevor ich noch irgendetwas sagen konnte – nicht dass ich noch etwas zu sagen gehabt hätte –, verließen sie der Reihe nach die Toilettenräume.

Sobald wir alleine waren, sagte ich zu Rachel: »Das ist vollkommen verrückt! Du hattest recht wegen Taylor. Ich hätte ihr niemals trauen dürfen …«

»Ich wusste, dass ich mit Taylor recht hatte«, unterbrach mich Rachel und warf mir einen eiskalten Blick zu. »Was mir nicht klar war, ist, dass ich mich in dir so getäuscht habe!«

»Moment mal!« Ich schaute zu Emma. »Ich schwöre, dass ich nicht so über dich geredet habe. Taylor hat meine Worte völlig verdreht. Als ich das über Joe gesagt habe, wollte ich dich damit verteidigen.«

»Aber du hast ihr von den Jeans erzählt«, hauchte Emma mit einer leisen, traurigen Stimme, die mir das Herz zerriss. »Und du hast gesagt, es wäre uns nicht ernst. Warum hast du denn so was gesagt?«

»Ich wollte nicht …«

»Vergiss es«, sagte Emma. »Ich muss in den Unterricht.«
»Es tut mir leid.« Ich drehte mich zu Claire. »Ich habe keine Ahnung, wie das passieren konnte. Ich wollte doch nur …«
Claire schüttelte den Kopf. »Spar dir das für jemanden, den es interessiert!«
Ich versuchte es Yumi zu erklären. »Das ist alles nur ein riesiges Missverständnis.«
»Wirklich?«, fragte sie. »Na, dann versteh *das* jetzt mal nicht falsch!« Sie stürmte aus der Toilette und alle anderen folgten.
Ich lehnte mich gegen die Wand, betäubt und ganz allein. Die ganze Zeit hatte ich mir Gedanken gemacht, mit welcher Clique ich meine Zeit verbringen sollte, und jetzt hatte ich niemanden mehr. Niemand mochte mich.
Innerhalb von drei Minuten hatte ich es geschafft, von acht Freunden auf null zu kommen.
Damit hatte ich bestimmt einen Rekord aufgestellt.

KAPITEL ACHTZEHN

Durchgeknallter Pepper

Den ganzen Nachmittag über versteckte ich mich im Krankenzimmer. Man könnte es feige nennen, ich nenne es lieber Überleben.

Nach der Schule wollte ich mit Pepper spazieren gehen, weil mich das immer aufheiterte. Aber als ich nach Hause kam, musste ich meinen Hund erst mal suchen. Er übte mit Jason Apportieren.

»Hey«, sagte ich.

»Na, wenn das nicht Anna Banana ist!« Jason sah besonders piratenmäßig aus, denn er trug das blaue Tuch um den Kopf.

»Ich wollte mit Pepper spazieren gehen.«

»Okay, aber ich will dir erst noch diesen neuen Trick zeigen.«

»Du hast ihm schon wieder etwas beigebracht?«, fragte ich.

Jason grinste, steckte zwei Finger in den Mund und pfiff. Pepper sprang herbei und setzte sich gehorsam vor seine Füße.

»Hey, Pepper«, rief er. »Komm, wir gehen spazieren.«

Pepper stellte die Ohren auf. Er sah Jason an und sauste dann um die Ecke, eine Minute später kam er mit seiner Leine im Maul zurück.

»Unglaublich«, staunte ich. »Pepper, du bist ein Genie!«

Jason lachte.

Ich bückte mich und rief: »Guter Junge, Pepper. Komm her, du genialer Hund. Wir gehen spazieren.«
Normalerweise brauchte Pepper nur das Wort *spazieren* zu hören, um völlig durchzudrehen. Aber heute benahm er sich so, als hätte er mich gar nicht gehört.
»Komm schon, Pep. Ich geh mit dir in den Park, wenn du willst.«
Es war so, als existierte ich gar nicht. Pepper ignorierte mich völlig, weil er viel zu sehr damit beschäftigt war, Jason anzustarren.
Das war zu viel. Ich war normalerweise Peppers Liebling im Haus. Ich bin die, die ihn erzogen und sich immer um ihn gekümmert hat. Und jetzt mochte er Jason auf einmal lieber? Die ganze Zeit über hatte ich Jason für diesen absolut fantastischen, wahnsinnig süßen Kerl gehalten, der mich innerlich zum Schmelzen brachte. Aber schlagartig änderte sich das alles. Jetzt sah ich Jason so, wie er wirklich war: ein nichtsnutziger, gemeiner, hinterhältiger Hundedieb.
»Willst du mal sehen, wie er durch Reifen springt?« Jason hielt ein paar Hula-Hoop-Reifen hoch.
»Nein!«, rief ich und stapfte ins Haus zurück. Allein!
Ich versuchte Emma anzurufen, aber ihre Mutter sagte, sie könnte nicht ans Telefon kommen. Als ich Rachel anrief, nahm Jackson ab und sagte, sie sei nicht da. Ich hatte das komische Gefühl, dass er sie deckte, also wartete ich ein paar Minuten, ging dann über die Straße und klopfte an ihre Haustür.
Jackson machte auf. »Äh, nennt man so etwas nicht Stalken?«, fragte er.
»Entschuldigung, ich dachte Rachel ist jetzt vielleicht wieder da.«

»Du hast doch erst vor fünf Minuten angerufen.«
»Ich weiß. Ich wollte nur … Ach, egal.« Ich versuchte ins Haus zu spähen, aber Jackson blockierte mir die Sicht.
»Weißt du, wann sie nach Hause kommt?«
»Nee.« Er knallte mir die Tür vor der Nase zu.
Nachdem ich die Straße wieder überquert hatte, warf ich einen Blick über die Schulter und sah für einen Augenblick Rachel, die aus dem Wohnzimmerfenster lugte, bevor sie sich schnell wieder hinter der Gardine versteckte.
Ich versuchte Yumi anzurufen, danach Claire. Entweder waren sie nicht zu Hause oder – was wahrscheinlicher war – sie gingen mir ebenfalls aus dem Weg. Nicht dass ich ihnen Vorwürfe machen würde. Warum sollten sie mir je vergeben?
Ich gab vor, krank zu sein, damit ich am Freitag nicht in die Schule musste und zu Hause bleiben konnte. Meine Mutter war viel zu sehr mit den letzten Hochzeitsvorbereitungen beschäftigt, um zu bemerken, dass ich ihr nur etwas vorspielte. Und schließlich ging es mir wirklich elend. Ohne Hund und ohne Freunde war ich die einsamste Einzelgängerin der Stadt.
Am Samstag war keine Zeit zum Trübsalblasen. Jason und ich mussten bei einem Haufen Hochzeitszeug mithelfen – Programme falten, die ganzen Terrassenmöbel zur Seite räumen und die Stühle für die Zeremonie in Reihen aufstellen.
Sobald wir fertig waren, traten wir vier ein paar Schritte zurück und betrachteten unser Werk. Der Garten sah fantastisch aus, eingerahmt von den violetten Tulpen, die sich entlang der Grundstücksmauer zogen, mit einer Tanzfläche, wo sonst die Terrassenmöbel standen, und kleinen weißen Lichtchen, die in den Bäumen funkelten.
»Ich kann gar nicht fassen, dass du in weniger als vierund-

zwanzig Stunden Miss Jeanie Stevens sein wirst«, sagte Dussel und umarmte meine Mutter.

Sie lachte, aber Jason und ich stöhnten.

»Oh, Mann, was für ein schlechter Witz, selbst für deine Verhältnisse«, sagte Jason.

Meine Mutter war schließlich schon immer Miss Stevens gewesen und sie änderte ihren Namen nicht.

»Danke.« Dussel schaute auf die Uhr. »Fast Zeit zum Abendessen. Wer will vorher noch mit Pepper spazieren gehen?«

»Ich gehe«, sagten Jason und ich gleichzeitig. »Okay, du gehst«, sagten wir beide als Nächstes.

Er lachte und ich fing auch an, aber dann fiel mir ein, dass ich immer noch sauer war, weil er mir meinen Hund gestohlen hat.

»Schon okay, Anna Banana. Ich hol ihn für dich.«

»Ich hol ihn selbst«, knurrte ich, weil ich nicht wollte, dass er mir einen Gefallen tat.

Aber Jason ignorierte mich, setzte die Finger an die Lippen und pfiff.

Pepper hüpfte herbei.

»Willst du, dass ich ihn seine Leine holen lasse?«, fragte Jason und senkte seine Stimme, um zu flüstern. »Sag ihm einfach, dass du mit ihm Gassi gehen willst.«

»Ist schon okay«, sagte ich.

»Nein, versuch's doch mal.«

Ich schüttelte den Kopf. »Auf keinen Fall. Es wird nicht funktionieren.«

»Dann lass ihn doch einen anderen Trick machen«, sagte Jason.

»Lass ihn sich mal zur Seite rollen.«

Alle sahen mich an, also hatte ich keine andere Wahl, als es zu versuchen. Ich seufzte und gab das Kommando: »Roll dich, Pepper«, ohne zu erwarten, dass etwas passieren würde. Aber das Verrückte war, dass Pepper auf mich hörte. Eine halbe Sekunde lang war ich richtig glücklich darüber, aber dann sah ich aus den Augenwinkeln Jasons selbstgefälliges Lächeln.

»Ich hab doch gesagt, dass er auf dich hört«, sagte er.

»Ja, weil du hier bist. Du musst nicht auch noch darauf herumreiten. Wir wissen doch alle, dass mein Hund dich lieber mag als mich!«

Jason blinzelte überrascht. »Das stimmt doch gar nicht.«

»Doch, das tut er, und es ist so offensichtlich. Du hast ihm die ganzen tollen Tricks beigebracht und er rennt dir ständig hinterher.«

In diesem Moment prusteten die anderen vor Lachen.

»Das ist nicht witzig!«, brüllte ich. »Ich würde euch gerne mal an meiner Stelle sehen!«

»Wir lachen doch nicht über dich«, sagte Dussel. »Es ist nur, na ja, es gibt einen Grund dafür, dass Pepper Jason immer hinterherläuft.«

»Ich weiß – weil er ihn lieber mag.«

»Nein, es liegt daran, dass er seine Hosentaschen mit Hundekeksen vollgestopft hat«, erklärte meine Mutter.

»Was?« Ich drehte mich zu Jason, der schief grinste. »Willst du damit sagen, dass dir mein Hund nur deshalb wie ein Schatten folgt, weil du ihn ständig fütterst?«

»Natürlich. Du solltest es auch mal versuchen. Wirkt wie ein Zauberspruch.«

»Eigentlich solltest du das lieber nicht tun«, meinte Dussel. »Jason, wenn du so weitermachst, kriegt Pepper ein echtes Gewichtsproblem. Es ist ganz gut, dass du nicht mehr so sehr lange bleibst.«

»Na, vielen Dank!«
Dussel zuckte mit den Schultern. »Ich sag nur, was ich denke.«
Unterdessen starrte ich verdutzt auf Jason. Ich konnte nicht fassen, dass ich mir die ganze Zeit solche Sorgen um Pepper gemacht hatte, wenn er sich von so einer Kleinigkeit beeinflussen ließ.
Ich flitzte in die Küche und schnappte mir einen Hundekeks, lief zurück und gab Pepper eine Hälfte. Plötzlich war er wieder mein bester Freund. Aber was hatte ich erwartet? Er war ein Hund – ein Hund mit einem eigenen Willen. Jawohl, es war zwar ein launischer, wankelmütiger Wille, aber er war auf keinen Fall ein Objekt, das einfach so gestohlen werden konnte.
Das erinnerte mich an die Jungs.
Ich meine, es klingt irgendwie blöd und ist eigentlich logisch, aber mir dämmerte erst jetzt, dass auch sie ihren eigenen Kopf hatten. Meine Freundinnen und ich waren so sauer auf Jesse und ihre Clique, weil sie Hotdog-Joe *gestohlen* hatten, obwohl das so im Grunde gar nicht möglich war. Es war ja nicht so, dass er in der Sache nichts zu entscheiden gehabt hätte.
Es war nur zu blöd, dass ich diese Theorie Emma nicht erklären konnte. Sie würde mich genauso wenig zurückrufen wie der Rest meiner ehemaligen Freundinnen.
Aber immerhin hatte ich Pepper.

KAPITEL NEUNZEHN

Hiermit erkläre ich Sie … ohne Freunde?

Am Morgen der Hochzeit wachte ich ziemlich nervös auf. Nicht wegen Mama und Dussel, und noch nicht einmal wegen Jason. Ich hatte einfach keine Ahnung, wie ich Rachel und Taylor gegenübertreten sollte.

Was, wenn Rachel mir ein Bein stellte, während ich den Mittelgang hinunterlief? Was, wenn Taylor behauptete mein Kleid sähe bescheuert aus – nicht stylisch genug oder kindisch? Was, wenn sich die Kombination Rachel-Taylor-ich als hochexplosiv erwies und den ganzen Tag versaute?

Vielleicht kamen sie ja gar nicht erst, weil sie mich hassten. Aber das wäre auch total furchtbar.

Ich versuchte an keine von beiden zu denken, als ich eine blaue Schleife an Peppers Halsband befestigte. Während der Hochzeitsfeier durfte er nicht raus, weil meine Mutter und Ted Panik hatten, dass er um Essen bettelte oder die Blumen wieder ausbuddelte. Aber sie erlaubten mir, ihn trotzdem schick zu machen. Und das war nur eine meiner Aufgaben.

Als Brautjungfer musste ich auf jeden Fall dafür sorgen, dass meine Mutter alles hatte, was sie brauchte, und das stellte sich als ziemlich einfach heraus. Jedes Mal, wenn ich sie fragte, ob sie ein Glas Wasser oder was zu essen wollte oder ob ich ihr mit ihren Haaren helfen konnte, sagte sie bloß: »Alles, was ich möchte, ist einfach nur diesen Gang hinabzuschreiten und

Ted Russel zu heiraten.« Ihre Stimme klang so aufrichtig, dass ich nicht mal in die Versuchung kam, meine Augen zu verdrehen. Zumindest nicht in große Versuchung.

Als ich uns beide im Spiegel betrachtete, konnte ich kaum glauben, was ich sah. Das Kleid meiner Mutter war weiß, lang und fließend. Ihr Haar war lose aufgesteckt und ein paar blonde Locken umrahmten ihr strahlendes Gesicht. Sie sah umwerfend aus. Und um ehrlich zu sein, ich selbst sah auch nicht so schlecht aus. Mein blau schimmerndes Kleid saß perfekt. Mein BH war gut verborgen und die Träger saßen bombenfest, da, wo sie hingehörten. Meine Beine waren glatt wie Seide und rochen nach Mango. Ich trug mein Haar offen und hatte die Enden in Locken gedreht. Außerdem hatte ich pinkfarbenen Lipgloss und glitzernden Lidschatten aufgelegt.

Ich war überrascht, als ich merkte, wie aufgeregt ich wegen der Hochzeit war und nicht nur wegen der Zeremonie. Diese Ehe war für mich okay. Als ich gestern Abend gesehen hatte, wie meine Mutter und Ted zusammen auf dem Sofa lümmelten und die letzten Änderungen an ihrem Ehegelübde vornahmen, wurde mir etwas klar. Die ganze Sache schien nicht nur in Ordnung zu sein, sie war auch richtig – und gar nicht mal so eine große Geschichte. Dussel, ich meine Ted, gehörte jetzt schon ziemlich lange zu unserem Leben dazu. Also warum sollte man es dann nicht offiziell machen?

Mama und ich grinsten uns an. Dann packte sie meine Hand und drückte sie leicht. »Okay, ich bin bereit«, sagte sie. »Du auch?«

Ich musste nicht lange über die Antwort nachdenken. »Ja, lass uns loslegen.«

Wir gingen in den Garten und stellten uns hinter die übrige Hochzeitsgesellschaft.

Einen Moment später hörten wir Musik. Das Streichquartett fing an, eine der klassischen Hochzeitsmelodien zu spielen und ich ertappte mich beim Mitsummen. Ich hatte das Gefühl, in meinem Bauch würde es so sprudeln wie der Champagner, den die anderen gestern beim Abendessen getrunken hatten. Mein Onkel Jake, der die Zeremonie durchführte, schritt als Erster den Gang hinunter. Dann folgte Jason und dann Ted, bis ich schließlich an der Reihe war. Es klingt total doof, aber sie hatten mich das Gehen üben lassen, damit ich nicht zu schnell lief, und ich war froh darüber, denn so nervös ich auch war, ich hatte wenigstens etwas, auf das ich mich konzentrieren konnte: Schritte zählen und atmen.

Eins, zwei, atmen.

Drei, vier, atmen.

Fünf, sechs ... Bevor ich es richtig begriffen hatte, war ich schon fast da und schaute geradeaus. Wahnsinn, es war ein irres Gefühl, im Rampenlicht zu stehen und zu wissen, dass alle Augen auf mir ruhten.

Als ich um mich blickte, verschwammen alle Gesichter. Ich konnte keine Einzelpersonen erkennen und ich gab mir auch gar keine große Mühe, weil ich alles, was eine Rolle spielte, direkt vor mir hatte: meine Mutter, die Hochzeit und unsere neue Familie.

Plötzlich merkte ich, dass ich neben meinem Onkel und gegenüber von Ted und Jason stand. Alle strahlten vor Freude und ich selber auch.

Sobald ich an meinem Platz angekommen war, wurde die Musik etwas beschwingter und festlicher. Alle drehten sich zu meiner Mutter um, die den Gang hinunterschwebte, als gäbe es auf der ganzen Welt keinen Ort, an dem sie lieber wäre.

Die Zeremonie war kurz und schön. In einem Moment

begrüßte mein Onkel die Hochzeitsgesellschaft und im nächsten Moment gaben meine Mutter und Ted schon ihre Ehegelübde und küssten sich, begleitet vom donnernden Applaus der Gäste.

Nachdem sie den Gang hinabgeschritten waren, bot mir Jason seinen Arm an. Ich legte meine Hand auf seinen Unterarm und spürte – nichts. Keinen Funken, keine Benommenheit oder sonst irgendetwas – nur das Kratzen des Wolljacketts. Und Wärme, weil es Jason war – ein netter Kerl, mein Stiefbruder, der mir vielleicht eines Tages das Jonglieren beibrachte.

»Glückwunsch«, sagte er, beugte sich zu mir runter und umarmte mich. »Und willkommen in der Familie!«

»Gleichfalls!« Ich umarmte ihn auch.

»Ich bin am Verhungern. Sollen wir uns auf den Käse und die Cracker stürzen?«, fragte er.

»Nö, geh du mal vor, ich komme nach.«

»Okay, wie du magst.«

Jason stürmte auf das Essen zu und ich schlug die entgegengesetzte Richtung ein. Zumindest versuchte ich es, aber stattdessen rannte ich Taylor direkt in die Arme.

»Oh, hallo«, sagte ich.

»Tolles Kleid«, antwortete sie.

»Danke!«

Taylors Kleid war trägerlos und pink, dazu hatte sie den passenden pinkfarbenen Lidschatten und glänzenden pinkfarbenen Lippenstift aufgelegt. »Du siehst auch sehr gut aus. Ich bin überrascht, dass du gekommen bist.«

»Ähm, hallo! Ich hatte dieses Kleid schließlich schon gekauft. Außerdem müssen wir reden. Wie du mit Jesse umgesprungen bist? Normalerweise ist das absolut unverzeihlich, aber im

Grunde hast du mir einen riesigen Gefallen getan, weil ich sie sowieso nicht mit nach Rosarito nehmen wollte.«
»Was meinst du damit?«, wollte ich wissen.
»Na ja, ich habe nicht damit gerechnet, dass sie sich auf diesen ganzen grünen Kram einlässt. Aber sie hat es so ernst genommen. Es war unmöglich, sie davon abzubringen.«
Sie lachte nervös, aber ich konnte nicht mitlachen.
»Also, danke«, fuhr sie fort. »Und da Hannah und Nikki schon mal da waren, dachte ich, dass ich vielleicht dich mitnehmen sollte.«
Ich starrte Taylor an und fragte mich, ob das vielleicht ein fieser Witz war. »Du willst mich mit in die Osterferien nehmen?«, vergewisserte ich mich.
»Vielleicht«, sagte Taylor. »Die sind ja erst im April und ich werde bestimmt nicht noch mal den gleichen Fehler machen und mich zu früh festlegen. Bis dahin kann noch viel passieren. Aber es besteht auf jeden Fall die Möglichkeit. Davon mal abgesehen, ich verzeihe dir.«
Moment mal. »*Du* verzeihst *mir*?«, fragte ich.
»Klar«, sagte Taylor. »Aber denk nicht einmal daran, so eine Sache noch mal abzuziehen. Das Geheimnis meiner Freundin zu verraten war nicht gerade cool. Aber Jesse wird dir auch verzeihen, wenn ich ihr das sage, außerdem ist sie jetzt viel zu sehr mit Oliver beschäftigt, um sich darüber Gedanken zu machen.«
»Du meinst Joe.«
Taylor schüttelte den Kopf. »Ähm, nein. Jesse hat am Freitag in der Mittagspause mit Joe Schluss gemacht.«
»Aber sie waren doch gerade erst wieder zusammen.«
»Schon, aber sie waren nicht so richtig *zusammen*. Jesse wollte eigentlich gar nicht noch mal mit Joe gehen. Ich habe sie

mehr oder weniger dazu gezwungen, aber das ist keine große Sache.«

»*Keine große Sache?*«

Taylor sah mich an, als wäre ich verrückt geworden. »Ähm, ja, genau das habe ich gesagt.«

»Du willst damit also sagen, dass Emma das alles ganz umsonst durchgemacht hat?«

»Warum interessiert dich das noch? Hasst sie dich jetzt nicht sowieso?«

Ich war viel zu verdattert, um zu antworten, aber Taylor schien das nichts auszumachen, denn sie redete einfach weiter. »Das ist doch jetzt sowieso egal, weil du mit uns rumhängen kannst. Wir haben nach der Schule abgestimmt und das Ergebnis war fast einstimmig. Also mach dir keine Gedanken mehr um Emma oder eine von den anderen Streberinnen. Du brauchst sie jetzt nicht mehr.«

Mir wurde ganz schwindelig. Ich wusste nicht, wogegen ich zuerst protestieren sollte. Alles, was sie gesagt hatte, war so ungeheuerlich, so furchtbar, so *Taylor*. Unter dem glänzenden Haar und hinter den schönen Augen und der makellosen Haut und den hübschen Kleidern war sie einfach nur schrecklich und hässlich. Ich hatte keine Ahnung, warum ich das nicht vorher erkannt hatte, aber plötzlich wurde mir alles klar.

Halloween?

Der Tag, an dem sie mich in Sport gefragt hatte, ob ich mir die Beine rasierte?

Jesse dazu zu überreden, drei Monate lang nur grüne Klamotten zu tragen und Grünzeug zu essen?

Und noch Milliarden anderer Beispiele, die so winzig erschienen waren – so unwichtig, dass sie nicht einmal einen weiteren Gedanken wert waren – bis zu diesem Augenblick.

Taylor dachte wirklich, sie wäre besser als alle anderen. Und sie hatte tatsächlich Spaß daran, andere Menschen leiden zu lassen – ganz so als ob für sie alles nur ein blödes Spiel wäre. Das war so grausam! Ich habe keine Ahnung, warum mir das so lange nicht aufgefallen war und ich so ewig gebraucht hatte, es zu bemerken.

»Das sind keine Streberinnen. Sie sind meine Freundinnen.«

Taylor lachte. »In welchem Universum sind sie keine Streberinnen?«

»In meinem Universum«, antwortete ich. »Ich mag sie. Und sie mögen mich. Oder zumindest haben sie mich mal gemocht.«

»Dir ist schon klar, dass wir nicht *jedem* anbieten, mit uns rumzuhängen.«

»Danke für das Angebot, Taylor, aber ich habe keine Lust, mit dir nach Rosarito zu fahren oder mit dir die Pause zu verbringen oder je wieder mit dir zu reden. Ich mag meine alten Freundinnen, und wenn du sie für Streber hältst, na ja, dann bin ich wohl auch einer!«

Ich wirbelte herum und wollte eigentlich davonstürmen, aber ich kam nicht weit, weil Rachel mir den Weg abschnitt.

Ich hatte nicht mit ihr gerechnet, aber da stand sie – in einem lavendelfarbenen Kleid mit blauen Punkten und passenden Ballerinas. Ihr dunkles Haar fiel ihr in eng gedrehten Ringellöckchen um die Schultern. Sie hatte einen Hauch rosa Rouge aufgelegt. Oder vielleicht war sie auch nur rot geworden.

»Ich glaub's nicht, du bist da«, platzte ich heraus.

»Na ja, ehrlich gesagt, hat meine Mutter mich geschickt, weil ich doch schon zugesagt hatte.«

»Oh.« Ich konnte nicht erwarten, dass Rachel mir verzieh, nachdem ich so eine miserable Freundin gewesen war, aber ich musste trotzdem versuchen, ihr alles zu erklären. »Es tut mir so leid, Rachel. Alles ist so unglaublich schiefgelaufen. Es war vollkommen bescheuert von mir, Taylor zu vertrauen. Ich hätte von Anfang an auf dich hören sollen. Ich kann einfach nicht fassen ...«

Es sprudelte einfach aus mir heraus, und ich war froh, als sie mich unterbrach.

»Nein, du hast mich nicht ausreden lassen. Ich wollte sagen – meine Mutter hat mich zwar geschickt, aber ich bin wirklich froh, hier zu sein, weil ich gehört habe, was du zu Taylor gesagt hast.«

»Das hast du?«

Sie nickte und strich ihr Kleid glatt. »Und außerdem war es sowieso nicht fair von mir, dich rumzukommandieren, also tut es mir genauso leid.«

Vor Erleichterung traten mir Tränen in die Augen. Ich wollte sie am liebsten umarmen, hielt mich aber zurück, weil es noch zu früh schien. »Ich hab dich vermisst.«

Rachel grinste. »Ich hab dich auch vermisst. Und die anderen auch.«

»Wirklich? Also verzeihen mir alle?«

»Ja. Wir haben darüber gesprochen und fanden, dass du ja immer noch irgendwie neu hier bist, also war es nicht völlig deine Schuld. Und ich werde nicht mal *ich hab's dir doch gesagt* sagen, auch wenn ich dich gewarnt habe.«

»Ich weiß und ich hätte auf dich hören sollen. Sie ist nicht umsonst die Schreckliche T.«

Rachel grinste und zeigte auf etwas, das sich hinter mir abspielte. »Stimmt, aber immerhin müssen wir uns heute nicht mehr mit ihr abgeben. Sieh dir das an. Sie ist viel zu sehr damit beschäftigt, sich an deinen Stiefbruder zu schmeißen.«

Ich drehte mich um und suchte die beiden. Taylor saß neben Jason. Und sie saß nicht einfach nur neben ihm – sie lehnte sich an in, warf ihr Haar über ihre Schulter und flirtete schamlos.

In meinem Innern stieg ein heftiger Zorn auf. »Ich kann nicht fassen, wie sie sich an ihn schmeißt. Als ob sie eine Chance hätte. Er ist zwanzig. Er geht aufs College! Es ist geradezu jämmerlich. Sie ist so eine …«

Es gab eine Menge Dinge, die ich in dem Moment über Taylor hätte sagen können. Sie hielt sich für so großartig, aber das war sie nicht, und ihre Freunde ebenso wenig. Ihr Kleid war extrem kurz und sie hatte den Lidschatten viel zu dick aufgetragen, und mit dem ganzen Pink sah sie aus wie ein riesiger, mit Zuckerguss überzogener Napfkuchen, aber einer von der Sorte, von dem einem schlecht wird. Und hatten Napfkuchen nicht eine ähnliche Form wie Muffins? Wie passend. Und was noch schlimmer war, sie war der schrecklichste, falscheste und fieseste Mensch, der mir je begegnet war.

Plötzlich hatte ich ein Bild vor Augen: Hiroki, Yumis Katze, wie sie sich aus heiterem Himmel auf Pepper stürzte und ihn angriff. Sie war einfach gemein, nur um gemein zu sein. Und sie war bei Weitem nicht die Einzige!

Vielleicht hatte Taylor die ganze Fehde vom Zaun gebrochen, aber meine Freundinnen hatten sich auch nicht gerade toll verhalten. Und ich auch nicht.

Wir hatten auf Taylors Gemeinheiten noch gemeiner reagiert und alles schaukelte sich immer höher und war schließlich aus dem Ruder gelaufen. Vielleicht war es gar nicht die Schuld einer einzigen Person. Und vielleicht war es auch gar nicht möglich zu gewinnen, denn ernsthaft: Indem ich gemein zu Taylor war, machte sie das nicht weniger gemein und ich fühl-

te mich dadurch nicht wirklich besser. Es änderte außerdem nichts an der verfahrenen Situation zwischen mir, Rachel und meinen alten Freundinnen.
Der Krieg zwischen unseren Cliquen war für überhaupt nichts gut.
Was kratzte es mich, wenn sie sich an Jason ranschmiss? Er war jetzt mein Stiefbruder. Das hier war kein Wettkampf und ich suchte keinen Grund zu streiten. Ich musste darüber stehen – mich gar nicht weiter darum kümmern. Oder zumindest *versuchen* es nicht zu tun.
»Sie ist so eine was?«, wollte Rachel wissen.
Ich holte tief Luft und seufzte. »Nichts.«
»Nichts?« Rachel sah mich an, als wäre ich verrückt geworden.
»Ja, nichts!« Ich presste meine Lippen aufeinander und überlegte, wie ich das am besten erklären konnte. »Also gut, es ist so: Ich will mit Taylor nicht befreundet sein, aber ich will auch nicht, dass wir Feinde sind. Ich will einfach, dass wir nichts sind. Können wir es mit nichts versuchen?«
Rachel warf einen verstohlenen Blick auf Taylor und drehte sich dann wieder zu mir. »Aber was ist mit Emma?«
»Darüber habe ich auch schon nachgedacht. Du weißt doch, wie Hotdog-Joe mit Emma Schluss gemacht hat, oder?«
»Das weiß die ganze Schule.«
»Stimmt, und wir haben Jesse dafür verantwortlich gemacht, und damit auch Taylor und ihre Clique. Und ja, vielleicht hatten sie damit etwas zu tun. Aber denk noch mal drüber nach: *Joe* hat mit Emma Schluss gemacht, also sollten wir nicht eigentlich ihm die Schuld daran geben, wenigstens ein bisschen?«
Rachel lächelte nur mit einer Hälfte ihres Mundes, als wäre

sie nicht wirklich überzeugt. »Das war schon ein bisschen komisch.«
»Und wenn der Typ so unentschlossen ist, ist er es dann überhaupt wert, seinetwegen zu heulen? Vielleicht sehen wir das ja alles ganz falsch. Vielleicht hat Jesse Emma sogar einen Gefallen getan hat, weil sie ohne ihn viel besser dran ist. Was meinst du?«
»Emma ist ganz froh, dass sie seine zahme Ratte jetzt nicht mehr kennenlernen muss. Außerdem findet sie diesen neuen Jungen ganz süß, Phil.«
»Phil?«
»Genau.« Als Rachel nickte, hüpften ihre Löckchen. »Sie sind beide in der Physik-AG. Und weißt du was? Er hat einen Hamster, der Einstein heißt.«
»Wirklich?«
»Ja, so was kann ich mir nicht ausdenken.«
Wir lächelten beide.
»Hey, lass uns reingehen und Nachtisch klauen.«
Ich packte Rachels Hand und wir schlängelten uns durch die Menge. Ich öffnete die Schiebetür, und als ich bemerkte, dass Pepper auf der anderen Seite stand, war es auch schon zu spät.
Er drückte sich an mir vorbei und schoss raus, direkt auf seinen Liebling zu.
»Hey, Pepper, komm zurück!«, rief ich, aber es war zu spät.
Als Nächstes hörte ich Taylor kreischen. Pepper hatte sie umgerannt, weil sie seinen Weg zu Jason versperrte. Und das mit ziemlicher Wucht, weil sie einfach vom Stuhl gefallen war.
Ich drehte mich zu Rachel und duckte mich. »Oh-oh!«
Sie hatte die Augen weit aufgerissen und hielt sich eine Hand vor den Mund.

Wir sahen beide zu, wie Taylor aufstand und sich wütend den Dreck vom Kleid klopfte.

»Vielleicht solltest du Peppers Training noch mal auffrischen?«, schlug Rachel vor.

»Vielleicht«, antwortete ich. »Aber vielleicht ist er ja richtig gut erzogen – ich meine wirklich, wirklich gut …«

»Los, Pepper«, flüsterte sie.

Ich biss mir auf die Lippe, um ein Lächeln zu unterdrücken. Aber dann fing Rachel leise an zu kichern, und aus etwas wurde viel, und das war wiederum so ansteckend, dass wir beide uns schließlich vor Lachen nicht mehr halten konnten.

Und ja, vielleicht hätte ich versuchen sollen, Pepper zu rufen, oder Taylor wenigstens ein paar Papiertücher holen und sie fragen sollen, ob alles in Ordnung war. Aber ich tat es nicht. Ich konnte nicht, weil das genau genommen *etwas* gewesen wäre, und ich hatte doch gerade beschlossen nichts zu tun. Also, wirklich, was sollte ich sagen?

Nichts.

Außer einem klitzekleinen Wort, dem ich nicht widerstehen konnte.

»Miau.«

Die berührende Suche eines Mädchens nach ihrem Vater und die Geschichte einer ersten Liebe

Eve fliegt mit ihrer Mutter nach Istanbul, um ihren Vater ausfindig zu machen. Fünfzehn Jahre lang hat ihre Mutter alle Fragen nach ihm abgeblockt. Als er dann tatsächlich vor Eve steht, hat sie das Gefühl, endlich den fehlenden Teil ihrer Identität gefunden zu haben. Und dann ist da auch noch ihr Dolmetscher Sinan, in den sie sich Hals über Kopf verliebt …

Deniz Selek
Aprikosensommer
288 Seiten
Band 0066

Das gesamte Programm gibt es unter
www.fischerverlage.de

fi 8-0066 / 1